영어원서 깊이 읽기

영어원서 깊이 읽기

원서에서
보석을 캐는
최적의 독법

함종선 지음

북하우스

일러두기

1. 외국 인명과 지명, 작품명은 되도록 외래어표기법을 따랐다.
2. 국내에 소개된 작품은 번역된 제목을 따랐고, 국내에 소개되지 않은 작품은 우리말로 번역해서 적거나 원어 제목을 그대로 실었다.
3. 원문의 이탤릭체는 원문대로 이탤릭체로 표기했으며, 고딕 글씨는 필자가 설명하기 위해 강조한 것이다.
4. 신문이나 잡지 등의 매체명은《 》, 영화, 뮤지컬 등은〈 〉, 편명은「 」, 책 제목은『 』로 표기했다.

들어가며

제가 처음 고등학교에서 학생들에게 영문학을 가르쳤던 때가 떠오릅니다. 학력고사 세대인 저는 중고등학교 시절에 원서로 영문학 작품을 읽어본 적이 없습니다. 영어 교과서나 문법책에 나오는 짧은 지문들이 제가 읽었던 영어 문장의 전부였던 것 같습니다. 대학교 영문학과에 입학하여 처음 접한 원서는 그야말로 거대한 미궁처럼 느껴졌습니다. 단어들의 의미를 찾아보고 문법에 맞춰 조합해도 전체 문장이 이해되지 않았고, 한 문장 한 문장 간신히 해석하고 나서도 전체 내용이 무엇을 말하는지 감이 잡히지 않았지요. 오랜 시간 원서를 붙들고 씨름하는 시간을 보낸 이후에야 비로소 저는 조금씩 영문학 작품들을 읽어내기 시작했고 점점 익숙해졌습니다. 저의 학창 시절 경험이 이러했으니, 처음 교실에 들어갔을 때 어떻게 어린 학생들에게 원서 읽기를 가르쳐야 할지 막막하기만 했습니다.

걱정과 달리, 저는 학생들과 아주 재미있게 수업했습니다. 학생들은 매 수업 정해진 분량의 어려운 작품들을 잘 읽어 왔고, 발표 및 에세이 쓰기 등을 훌륭하게 해냈습니다. 이런 것을 보고 사람들은 흔히 자사고(자율형 사립고) 학생들은 초·중등 시절에 해외에서 공부해 본 적이 있거나, 어린 시절부터 원서를 자주 읽었기 때문이라고 생각합니다. 혹은 학업 능력이 월등히 뛰어난 학생들이기 때문이라고 생각하는 이들도 많습니다.

제가 경험한 바로, 소위 명문 자사고 입학생들은 학업 능력이 뛰어나고 열의가 넘치는 학생들이지만, 모두가 비범한 능력을 지니거나 원어민 수준의 유창한 외국어 실력을 갖춘 것은 아닙니다. 해외 거주 경험이 없거나 원서를 거의 접해 보지 못한 학생들도 많습니다.

그렇다면 영문학 수업을 따라가는 학생들의 능력은 어디서 온 것일까요? 그것은 지적 능력이 폭발적으로 성장하는 시기에 무엇을 어떻게 공부하느냐의 차이에서 온 것입니다. 3년간 꾸준히 다양한 원서를 읽고 발표하고 에세이 쓰는 연습을 해 온 학생은 당연히 그 능력이 발전합니다. 타고난 능력이 뛰어나서 처음부터 잘하는 것이 아니라, 꾸준히 학습하고 연습하여 높은 수준의 능력을 갖추게 되는 것입니다.

이후 사회에서 다양한 학생들을 가르치면서, 저는 무엇을 어떻게 배우는지가 중요하다는 생각을 더욱 굳히게 되었습니다. 원서를 한 번도 읽어 본 적이 없는 학생이라도 꾸준히 학습하면 독해와 쓰기 능력이 향상되는 모습을 보아 왔습니다. 현재 영어를 잘하기 때문에 원서를 읽을 수 있는 것이 아니라, 조금씩 원서를 읽어 가면서 점차 능숙하게 읽어 낼 수 있게 되는 것이지요.

예전과 달리, 요즘은 어린 시절부터 원서를 접하는 학생들이 많습니다. 영어의 중요성을 인식한 학부모님들의 열의와 투자 덕분입니다. 다만 아쉬운 점은 원서 읽기가 어휘 정리나 내용 요약에 그치는 경우가 많다는 것입니다. 원서 읽기의 목적을 영어 실력 향상에 맞춘 결과라고 봅니다. 하지만 저는 원서 읽기가 영어 학습 수단 이상의 의미를 지니고 있다고 생각합니다. 상징적 장치나 아이러니, 서술 관점, 함축된 의미, 도덕적 가치에 대한 문제 제기 등 중요한 생각거리들이 원서 읽기에 담겨 있지요. 어휘 정리나 내용 요약으로는 다 담아내지 못하는 것들입니다.

제 경험에 의하면, 어휘 정리나 내용 요약을 넘어서 시간을 가지고 좀 더 깊이 읽었을 때, 학생들은 원서 읽기에 흥미를 갖고 더 적극 참여합니다. 책을 읽으며 떠오르는 문제와 주제들에 대해 스스로 답을 구하고 서로 생각을 나누면서 더 능동적으로 책을 읽는 주체가 됩니다.

이 책에 담긴 열두 편의 작품들은 초등 고학년에서 중고등학생에 이르기까지 제가 수업한 도서들의 목록에서 고른 것들입니다. 『샬롯의 거미줄』이나 『찰리와 초콜릿 공장』처럼 친근하고 비교적 읽기

쉬운 작품도 있고, 『앵무새 죽이기』처럼 유명하지만 읽기 어려운 소설도 있습니다. 『웨일 라이더』처럼 조금 낯선 작품도 있습니다. 소설뿐 아니라 스티브 잡스의 「스탠퍼드 대학 졸업식 연설문」도 포함되어 있습니다. 모두 빼어난 영어 문장과 표현들, 그리고 다양한 스타일이 빛나는 작품들입니다. 무엇보다도, 주변의 가족과 친구, 그리고 공동체와의 관계 속에서 자아를 형성해 가는 시기의 청소년들이 한 번쯤 생각해 볼 가치가 있는 여러 주제를 깊이 있게 다루고 있습니다.

이 책은 '영어 공부'에 맞추어져 있는 원서 읽기에 대한 아쉬움에서 출발했습니다. 우리는 한글로 된 책들을 한국어를 공부하기 위해서만 읽지 않습니다. 좋은 책을 읽으며 그 안에 녹아 있는 지혜를 얻고 책이 제시하는 주제에 대해 사고합니다. 책은 단지 언어를 공부하기 위한 도구가 아닙니다. 책을 읽으며 우리의 사고력과 상상력, 창의성이 발달합니다. 영어로 된 책도 다르지 않습니다. 원서에는 작가가 심어 놓은 훌륭한 생각거리들이 넘쳐납니다. 저는 어휘 학습과 내용 요약만으로 담아 낼 수 없는 원서의 인문학적 가치들이 주목받기를 희망합니다. 이러한 가치들을 충분히 사고하고 음미할 때, 영어 실력 향상은 덤으로 따라올 것입니다.

차례

1

나는 어떻게 내 삶의 주인이 되는가

루이스 새커의 『구덩이』

루이스 새커(Louis Sachar)는 1954년 뉴욕에서 태어났습니다. 전업 아동문학가가 되기까지 교사, 세일즈맨, 변호사 등 다양한 직업을 거쳤습니다. 『구덩이(Holes)』 이외에도, 『웨이사이드 학교 별난 아이들(Sideway Stories from Wayside School)』 등을 발표해 큰 인기를 얻었습니다. 현재는 이 소설의 배경인 텍사스주에서 살고 있습니다.

『**구덩이**』는 1998년 출간되어 대중적으로 큰 성공을 거두었습니다. 뉴베리 대상, 전미도서상,《뉴욕타임스》아동문학상, 전미도서관협회 올해의 도서상 등을 수상했습니다. 2003년에는 라이야 샤보프, 시고니 위버, 존 보이트 등이 출연하는 영화로도 각색되어 큰 인기를 끌었습니다.

『구덩이』가 영화화된 2003년《로스앤젤레스타임스》에 실린 인터뷰 기사에 의하면, 이 소설은 작가의 자전적 요소를 많이 담고 있습니다. 스탠리의 아버지는 신발 연구와 발명에 몰두하는데, 루이스 새커의 아버지는 엠파이어 스테이트 빌딩에서 신발을 팔았다고 합니다. 하늘에서 운동화가 뚝 떨어지는 설정은 작가 아버지의 매장이 그 고층빌딩 78층에 있던 것과 관련 있을 거라고 추정하기도 합니다. 스탠리의 조상 엘리야 옐넷처럼 루이스 새커의 조상도 라트비아 출신이라고 합니다.

『구덩이』는 텍사스 사막 한가운데 있는 소년원 그린 레이크 캠프(Camp Green Lake)에서 시작합니다. 주인공 스탠리 옐넛은 덩치는 크지만, 성격이 소심한 아이입니다. 반 아이들에게 괴롭힘을 당하고, 걸핏하면 저보다 체구가 훨씬 작은 아이에게 얻어맞곤 하지요. 어느 날, 스탠리의 머리 위로 난데없이 낡은 운동화 한 켤레가 뚝 떨어집니다. 마침 발명가인 아버지가 낡은 운동화 연구에 몰두하고 있던 때라, 스탠리는 자신에게 떨어진 그 신발에서 뭔가 '운명' 같은 것을 느낍니다. 하지만 그 운동화는 유명 야구 선수가 자선행사에 기부한 것이었고, 무슨 이유에선지 스탠리의 머리 위로 떨어진 것이죠. 스탠리는 운동화를 훔쳤다는 누명을 쓰고 그린 레이크 캠프로 보내집니다.

스탠리는 이 뜻밖의 불운을 그저 받아들입니다. 사실 스탠리는 불운의 저주를 받은 집안 출신의 아이입니다. 뉴욕에서 주식으로 큰돈을 번 증조할아버지는 고향으로 돌아오다 강도의 습격을 받아 전 재산을 잃고 정신까지 잃은 채, 가까스로 목숨만 건져 집에 돌아옵니다. 스탠리의 아버지 역시 지독히 운이 없었지요. 누구보다 열심히 일했지만, 한 번도 성공을 해본 적이 없습니다. 불운이 닥칠 때면 이들은 그저 "아무짝에도 쓸모없고-더럽고-썩어 빠진-돼지도둑 고조할아버지" 탓을 할 뿐입니다. 이런 집안 어른들처럼, 스탠리는 판사에게 항변 한마디 못 한 채, 재수 없는 고조할아버지를 탓하며 그린 레이크 캠프로 향합니다.

『구덩이』는 불운의 저주를 받은 집안에서 태어난 소년 스탠리가 자기 운명의 주인으로 거듭나는 과정을 그리고 있습니다. 소심한 소년이 자기 운명의 주체로 성숙해 가는 이야기는 청소년 소설에서 많이 볼 수 있습니다. 하지만 『구덩이』의 특이한 점은 작가가 '운명'이라는 주제를 매우 독특한 개념으로 풀어 나간다는 데 있습니다. 보통 운명이란 한 개인의 삶 당대에 일어나는 내외적 사건을 말하는데, 루이스 새커는 수 세대 전의 조상들이 한 행동, 일명 '조상의 업보'라는 개념으로 운명을 말합니다. 스탠리 집안이 불운한 이유는 고조할아버지인 엘리야 옐넷이 마담 지로니에게 돼지를 받아놓고 약속을 지키지 않았기 때문입니다. 스탠리가 캠프에서 만난 지로는 마담 지로니의 후손입니다. 그린 레이크 캠프 소장은 스탠리의 증조할아버지가 강탈당한 돈 가방을 찾기 위해 그린 레이크 지역을 헤매던 찰스 워커의 후손입니다. 이들은 조상의 업보라는 끈에 묶여 그린 레이크 캠프에서 만나게 된 것입니다.

주요 인물들의 운명이 먼 옛날 조상들의 업보로부터 이어지다 보니, 자연스럽게 『구덩이』에는 미국의 역사라는 배경이 전면에 등장합니다. 유럽에서 가난을 견디다 못해 새로운 삶을 찾아 미국으로 건너간 이주민, 미국인들의 뿌리 깊은 인종 차별과 서부를 주름잡던 강도들, 그중에는 악명 높은 여성 강도들도 있었습니다. 작가 루이스 새커는 미국 역사에 실제로 존재했던 이러한 인물들을 모티브로 하고 역사에 상상력을 결합하여 미국 문학의 고전 중 하나로 꼽히는 『구덩이』를 내놓습니다.

엘리야 옐넷과 마담 지로니 – 저주의 기원과 이민 이야기

만약 그가 이 일을 해내지 못한다면, 그와 그의 후손들은 영원히 불운할 것이라고 마담 지로니는 경고했다.

Madame Zeroni warned that if he failed to do this, he and his descendants would be doomed for all of eternity.

라트비아의 가난한 청년 엘리야는 마이라 멩크라는 소녀와 사랑에 빠졌습니다. 엘리야는 마이라에게 청혼하려 하지만, 마이라의 아버지는 마이라를 신부로 맞는 대가로 살진 돼지를 내놓겠다는 늙은 농장주 이고르 바르코프의 제안에 더 솔깃해졌습니다. 사랑으로 가득 찬 마음밖에는 내놓을 것이 없는 엘리야는 절망에 빠졌습니다. 마담 지로니는 처음에는 엘리야의 청혼을 반대합니다. 엘리야에게 너의 미래는 저 바다 건너 미국에 있다고 말해 주지요. 하지만 결국 마이라와 결혼하고 싶어 하는 엘리야를 돕습니다. 새끼 돼지 한 마리를 주고 그것을 크고 살진 돼지로 키우는 방법을 알려 주었지요. 매일 새끼 돼지를 산으로 데리고 가서 물을 먹이고 마담 지로니가 가르쳐 주는 돼지 노래를 불러 주면 아주 크고 살진 돼지가 되리라는 겁니다. 그리고 청혼한 뒤에, 자신을 업고 산으로 올라가 물을 먹이고 노래를 불러 주겠다는 약속을 하라고 요구하지요. 만약 이 약속을 지키지 않으면 그의 후손 대대로 불운할 것이라고 '경고'합니다. 스탠리 집안의 저주는 바로 여기에서 시작합니다. 엘리야 옐넷은 마담 지로니의 도움을 받아 크고 살진 돼지를 마이라의 집으로 가져가지만, 결국 청혼을 포기하고, 마담 지로니와의 약속도 잊은 채, 미국으로 가는 배에 몸을 싣습니다. 그의 미래는 미국에 있다는 마담 지로니의 예언이 들어맞은 겁니다.

가난에 좌절하여 새로운 땅 미국으로 떠났던 유럽의 청년은 엘리야뿐만이 아니었습니다. 이 소설이 발간된 1998년을 기준으로 보면, 스탠리의 고조할아버지인 엘리야 옐넷이 미국으로 이주한 때는 대략 1870~80년대로 계산됩니다. 이 시기는 미국에서 남북전쟁이 끝나고 산업혁명이 급속도로 전개되기 시작하던 시기였습니다. 미국 전역을 횡단하는 철도가 건설되어, 골드러시와 함께 서부가 빠르게 개척되었고, 카네기 강철회사나 록펠러 정유회사 등 거대 기업들이 등장했습니다. 공장에서 일할 노동자들이 필요했고, 미국의 거대한 자연을 개척할 농민들이 필요했습니다. 미국에서 일할 노동자를 모집하는 모집책들이 유럽 각지에서 젊은이들을 모집했습니다. 가난에 시달리던 유럽인들은 기회를 찾아 미국으로 물밀듯이 몰려갔습니다. 튼튼한 몸 덕분에 배의 선원으로 뽑혀 공짜로 미국으로 갈 수 있었던 엘리야 엘넷 역시 일자리를 찾아 미국으로 건너간 수많은 이민자 대열의 한 명이었을 겁니다.

미국은 이민자들로 만들어진 나라입니다. 1620년 영국의 청교도들을 실은 메이플라워호가 대서양을 건너 미국 동부 연안에 도착한 이래, 유럽에서 종교적, 정치적, 경제적 고난에 시달리던 이들이 새로운 기회를 찾아 미국으로 떠납니다. 이 과정에서 '부유하고 문명화되었지만 늙고 타락한 유럽'에 대비되는 '가난하고 투박하지만 젊고 순수한 미국'이라는 개념이 형성됩니다. 사회 계급 체계가 이미 확고히 짜인 유럽과 달리, 미국에서는 모든 이들이 자신의 노력과 능력에 따라 성공할 기회를 잡을 수 있다는 것입니다. 일명 '아메리칸드림'이라는 이 개념은 미국 문화와 문학의 저변에 깔려 있습니다.

엘리야는 적극적으로 기회를 찾아 미국에 온 것이 아니라, 충동적으로 미국으로 가는 배에 몸을 실었을 뿐이지만, 그의 이야기는 아메리칸드림의 특징을 보여 줍니다. 돈 많은 늙은 농장주 이고르 바르코프와 가난하고 사심 없는 젊은이 엘리야의 대립 구도는 유럽과 미국의 대립 구도를 닮아 있습니다. 무엇보다도, 엘리야가 사랑했던 유럽 여성 마이라 멩크와 그가 미국에서 결혼한 미국 여성 사라 밀러의 대립이 두드러집니다. 엘리야가 청혼을 포기한 이유는 마이라에게 남편감을 고르도록 선택권이 주어졌으나, 그녀가 선택권 그 자체에 몹시 당황하며 갈팡질팡하는 모습을 드러냈기 때문입니다. 마이라는 남의 선택을 받아들일 뿐, 스스로 선택할 줄 아는 주체적이고 독립적인 여성이 아니었습니다. 마담 지로니의 말대로, 그녀는 얼굴만 예쁘고 속은 텅 빈 꽃병 같은 여성이었습니다.

이와 달리 엘리야가 미국에서 만나 결혼한 여성 사라 밀러는 건강하고 주체적인 여성으로 그려집니다.

> 그는 사라 밀러라는 여성과 사랑에 빠졌다. 그녀는 쟁기질할 수 있고, 염소젖을 짤 수 있으며, 무엇보다도 스스로 생각할 수 있었다. 그녀와 엘리야는 밤늦게까지 함께 이야기 나누며 웃고는 했다.
>
> He fell in love with a woman named Sarah Miller. She could push a plow, milk a goat, and most important, think for herself. She and Elya often stayed up half the night talking and laughing together.

건강하고 주체적인 사라 밀러는 자신의 삶을 스스로 결정할 줄 모르는 마이라와 대조됩니다. 사라 밀러처럼 미국이라는 척박한 토양에서 강인한 생명력으로 살아남는 주체적인 미국 여성의 모습은 『바람과 함께 사라지다』의 스칼렛 오하라에서 그 전형을 볼 수 있습니다. 사라 밀러는 마담 지로니가 엘리야에게 가르쳐 준 돼지 자장가를 영어로 번역하여 스탠리 집안에 남깁니다. 스탠리가 빅썸 산에서 지로에게 불러 주어 마침내 집안의 저주를 풀리게 한 바로 그 노래입니다.

마담 지로니는 엘리야 집안에 저주를 내린 존재로 인식됩니다. 하지만 그녀는 진작부터 엘리야가 미국으로 떠날 것을 예언한 인물인데다, 따지고 보면 엘리야가 미국으로 가는 배에 선원으로 뽑힐 수 있었던 것도 마담 지로니의 조언대로 매일 돼지를 업고 산에 올라가 체력을 단련한 덕분이었습니다. 마담 지로니는 엘리야가 미국에서 새로운 삶을 찾도록 이끈 인물로 볼 수 있습니다. 사실, 마담 지로니는 엘리야를 '저주(curse)'하겠다는 말을 쓴 적이 없습니다. 그녀는 '경고(warn)'를 했을 뿐입니다. 만약 그녀가 엘리야에게 저주를 내리고자 했다면, 'You shall be cursed'와 같은 표현을 썼을 것입니다. 마담 지로니의 '경고'가 '저주'가 된 이유는 그녀와의 약속을 지키지 않았다는 엘리야의 죄의식, 마음의 빚에서 출발합니다. 미국에서 엘리야는 죄책감을 느끼며 마담 지로니의 아들을 찾으려 애쓰지만 찾을 수 없었습니다. 엘리야가 미국에 정착하는 과정에서 맞은 몇 번의 자연재해라는 것도, 미국에서는 단순한 자연현상일 따름입니다. 그럼에도 엘리야는 죄책감으로 인해 자신이 저주받았다고 여기게 되지요. 그리고 이 죄의식은 집안의 저주로 전해져 내려오게 됩니다.

캐서린, 샘, 그리고 워커—진짜 저주와 서부의 악당들

진짜 저주는 110년 전 그린 레이크 캠프에서 일어난 일입니다. 지금은 황량한 사막이지만, 110년 전 그린 레이크는 에메랄드빛 호수에 온갖 물고기가 살고, 복숭아꽃이 만발한 아름다운 마을이었습니다. 이 마을의 학교 선생님 캐서린 발로우는 마음씨 착한 흑인 양파 장수 샘과 사랑에 빠집니다. 하지만 마을의 부잣집 아들 찰스 워커도 캐서린을 좋아하고 있었습니다. 건방지고 멍청하고 고약한 발 냄새를 풍기는 그는 캐서린이 자신의 아내가 될 것이라 믿고 있었지요.

마을의 어여쁜 백인 선생님이 흑인과 사랑에 빠졌다는 것을 사람들은 용납하지 못했습니다. 워커 무리를 필두로, 마을 사람들은 캐서린의 학교를 불태우고 샘을 잔인하게 죽입니다. 캐서린은 마을 보안관에게 도움을 청하러 달려갔지만, 보안관은 오히려 캐서린을 희롱하고 비웃습니다. 샘과 함께 죽으려던 캐서린은 그 뜻도 이루지 못하고 억지로 살아남게 됩니다. 사흘 후, 캐서린은 마을 보안관을 죽이고 마을을 떠나 서부에서 가장 악명 높은 무법자 강도, '키싱 케이트 발로우'가 되어 사람들을 두려움에 떨게 만듭니다. 피해자를 강탈하고 나서 키스를 하고는 잔인하게 죽였기 때문에 붙은 별명이지요. 스탠리의 증조할아버지를 습격한 강도도 바로 케이트 발로우입니다.

"신이 너를 벌하실 거다(God will punish you)." 샘과 캐서린의 데이트 장면을 우연히 목격한 이웃집 여자 헤티 파커는 분개하여 몸을 떨며 외칩니다. 마을 사람들이 아무 가책 없이 샘을 죽이고 학교를 파괴하는 폭력을 휘두른 것은 바로 이런 종교적 믿음에 근거하고 있습니다. 미국을 건설한 초기 이민자들은 종교적 박해를 피해 새로운 땅에서 하나님의 나라를 건설하겠다는 꿈을 가지고 미국에 온 청교도들이었습니다. 그들의 청교도 신념은 당시 어느 정도 세속화되었던 유럽의 종교보다 더 엄격하고 가혹했습니다. 극단적인 마녀사냥이 그 어느 곳보다 횡행했던 곳이 바로 미국이었고, 1870년대까지도 마녀재판이 열렸습니다. 아서 밀러의 『도가니(Crucible)』는 당시 미국 청교도 사회에서 종교가 공포와 폭력을 부추겨 인간을 희생시키는 모습을 그려 낸 작품입니다.

실제 미국 역사에 있었던 종교적 열정주의는 현재 우리의 눈에 극단적으로 비치기도 합니다. 예를 들어, 18세기 종교적 대각성 운동(the Great Awakening)을 주도한 조너선 에드워즈(Jonathan Edwards) 목사의 연설문 『성난 신의 손아귀에 있는 죄인들(Sinners in the hands of an Angry God)』을 보면, 신을 믿지 않는 자들이 받게 될 공포스러운 징벌의 이미지로 가득 차 있습니다. 이 설교는 성경 구문을 세부적이고 논리적으로 분석한 설교이지만, 그 징벌의 공포가 너무도 생생하여 듣고 있는 신도들은 절규하며 구원을 갈구했다고 합니다. 그린 레이크 마을 사람들이 말하는 '신의 징벌'이라는 개념은 지금 우리가 생각하는 것보다 더 심각한 의미를 지니고 있다고 볼 수 있습니다.

그린 레이크 마을 사람들이 신의 징벌이라는 이름으로 캐서린과

샘의 삶을 파괴한 이후 이 마을에는 비가 단 한 방울도 내리지 않습니다.

그 모든 일이 110년 전에 일어났다. 그 이후 그린 레이크에는 비가 한 방울도 내리지 않았다.

당신이 결정해 보라: 신은 누구를 벌했나?

That all happened one hundred and ten years ago. Since then, not one drop of rain has fallen on Green Lake.

You make decision: Whom did God punish?

작가 루이스 새커는 독자를 향해 누가 신의 징벌, 혹은 저주를 받았는지 판단해 보라고 질문합니다. 선하고 진실한 마음을 가진 흑인 샘을 사랑한 캐서린인지, 아니면 종교적 도그마를 내세워 살인과 폭력을 저지른 마을 사람들인지. 풍요로웠던 그린 레이크는 사라지고, 노란 독도마뱀만 돌아다니는 황량한 사막이 되었습니다.

이후 캐서린은 마을을 떠나 무법자 강도가 되었습니다. 서부가 개척되면서, 일명 'Wild West'라는 서부의 무법자들이 생겨나는데요, 이들 중에는 여성 강도들도 있었습니다. 이들은 꽤 이름을 날리고, 나중에 영화나 소설에서 간혹 낭만적 인물로 그려지기도 하지만 사실 비열하고 잔인한 무법자들이었다고 합니다. 이 소설에서도 캐서린은 가장 잔인한 무법자 중 한 명으로 묘사되지요.

악명을 떨치던 캐서린은 20년 후 그린 레이크로 돌아옵니다. 폐

허가 된 마을에서 캐서린은 여전히 샘을 그리워합니다. 한편 서부의 또 다른 악당 워커와 그의 아내 린다가 그녀를 찾아옵니다. 이들은 모든 재산을 잃고 캐서린에게 약탈물을 내놓으라고 협박하지요. 오로지 물질만을 좇는 인간들입니다.

"너와 너의 자식들, 그리고 그들의 자식들은 앞으로 100년 동안 땅을 팔 것이고, 아무것도 발견하지 못할 것이다."

"You, and your children, and their children, can dig for the next hundred years and you'll never find it."

캐서린은 이들에게 저주를 내리고는, 노란 독도마뱀에게 물려 웃으면서 죽음을 맞이합니다.

조상의 업보를 풀다

엘리야 옐넷의 후손 스탠리와 마담 지로니의 후손 지로는 운명적으로 캠프에서 만났습니다. 조상의 업보를 풀어야 하는 운명을 지닌 만남입니다. 이 두 소년이 조상대에서 얽힌 업보를 풀어내는 첫 번째 단계는 바로 그런 레이크 캠프의 부당한 처사에 대한 저항에서 시작합니다. 지로는 아이들을 강압적으로 구덩이 파기에 몰아넣는 캠프를 탈출합니다. 오로지 죽음만이 기다리는 사막으로 가버린 지로를 걱정하던 스탠리는 인생 최초로 적극적인 선택과 행동에 나섭니다. 지로를 구하겠다는 마음을 먹고 차를 훔쳐 달아나려 한 것이지요. 늘 조상 탓을 하며 소극적으로 불평만 하던 스탠리가 처음으로 변하기 시작했습니다. 훔치려던 트럭이 구덩이에 처박히자, 트럭에서 튕겨 나와 나동그라진 스탠리는 하늘을 보며 생각합니다.

> 그는 이번만큼은 아무짝에도 쓸모없고-더럽고-썩어 빠진-돼지 도둑 고조할아버지를 탓할 수 없었다. 이번만큼은 백 퍼센트 자신의 잘못이었다.
>
> He couldn't blame his no-good-dirty-rotten-pig-stealing-great-great-grandfather this time. This time it was his own fault, one hundred percent.

조상 할아버지든 누구든, 남을 탓하지 않고 자신의 행동에 자신이 책임지는 것이야말로 자기 운명의 능동적인 주인이 되는 첫 발걸음일 것입니다.

스탠리는 지로를 구하기 위해 '없음(nothingness)'만이 있는 사막을 향해 나아갑니다. 그리고 사막 한가운데서 지로를 만나 빅썸 산을 향해 힘겹게 걸음을 옮깁니다. 마침내 빅썸 산에 다다른 스탠리는 몸이 아픈 지로를 업고 한 발 한 발 내디뎌 끝내 정상에 오릅니다. 그리고 그곳에서 지로에게 물을 먹이고 어린 시절 부모님이 불러 주신 노래를 불러 줍니다. 스탠리 집안에 전해져 내려오는 노래,

마담 지로니가 엘리야 옐넷에게 가르쳐 준 돼지 자장가였습니다. 고조할아버지가 마담 지로니에게 지키지 못한 약속을 스탠리가 그녀의 후손 지로에게 실행함으로써 스탠리 집안의 저주가 풀리게 됩니다. 스탠리가 지로를 산 정상까지 업고 가 노래를 불러 준 다음 날, 늘 불운을 끼고 살았던 스탠리의 아버지가 그토록 소원하던 발 냄새 없는 신발을 발명하는 데 성공한 것입니다.

내 삶의 주체로 서기: 나를 사랑하기

빅썸 산 정상에 올라 밤하늘을 바라보던 스탠리는 이제껏 느끼지 못했던 큰 희열을 맛봅니다. 갑자기 너무 행복해서 잠이 오지 않을 정도였지요. 하지만 스탠리가 처한 상황은 절망적이었습니다. 먹을 것도 충분치 않았고, 옆에 돌봐 줘야 할 아픈 친구가 있으며, 당장 앞으로 살아남을 수 있을지도 확실치 않았습니다. 돌아가도 탈주범 신세에서 벗어나지 못할 불확실하고 걱정스러운 형편에, 스탠리는 왜 그렇게 행복했을까요.

> 이틀 밤 후에, 스탠리는 누워서 별들이 가득 찬 하늘을 올려다보고 있었다. 너무나 행복해서 잠을 잘 수가 없었다.
>
> 행복할 이유가 없었다. 사람이 얼어 죽기 직전에는 갑자기 따뜻하고 기분이 좋아진다고 어디선가 듣거나 읽은 적이 있었다. 혹시

자기가 그런 상태가 아닌가 생각했다.

이전에 언제 행복을 느꼈는지 기억나지 않았다. 그린 레이크 캠프에 보내져서 그의 삶이 비참해진 것은 아니었다. 그 이전에도 그는 학교에서 행복하지 않았다. 친구도 없었고, 데릭 던 같은 애들에게 괴롭힘을 당했다. 아무도 그를 좋아하지 않았다. 사실은, 특히나 그가 자기 자신을 좋아하지 않았다.

지금 그는 자신을 좋아한다.

그는 자기가 미친 게 아닌가 하는 생각이 들었다.

Two nights later, Stanley lay awake staring up at the star-filled sky. He was too happy to fall asleep.

He knew he had no reason to be happy. He had heard or read somewhere that right before a person freezes to death, he suddenly feels nice and warm. He wondered if perhaps he was experiencing something like that.

It occurred to him that he couldn't remember the last time he felt happiness. It wasn't just being sent to Camp Green Lake that had made his life miserable. Before that he'd been unhappy at school, where he had no friends, and bullies like Derrick Dunne picked on him. No one liked him, and the truth was, he didn't especially like himself.

He liked himself now.

He wondered if he was delirious.

빅썸 산 정상에서 이유를 알 수 없는 희열을 느끼며, 스탠리는 혹시 죽을 때 느끼는 행복감이 이런 것인가 의구심을 갖습니다. 여기서 죽음에 대한 언급은 스탠리의 상징적 죽음을 의미한다고 볼 수 있습니다. 마치 죽음 직전에 느끼는 것과 유사한 희열을 경험하면서, 이전의 스탠리는 사라지고 새로운 스탠리가 탄생합니다.

새로운 스탠리는 자기 불행의 원인이 외부적인 게 아니었다는 것을 깨달은 스탠리입니다. 친구들에게 따돌림당하거나 억울하게 캠프에 보내질 때, 과거의 스탠리는 포기하고 위축되며 기껏해야 재수 없는 고조할아버지를 욕할 뿐이었습니다. 하지만 이제 스탠리는 자신이 불행했던 이유는 바로 자기 스스로가 자신을 좋아하지 않았기 때문이었음을 깨달습니다. 스탠리는 이제 제 자신을 좋아합니다. 스탠리에게 일어난 이 내적 변화야말로 스탠리의 새로운 탄생을 의미합니다.

스탠리가 자기 자신을 좋아하게 된 과정은 지로를 구하기 위해 트럭을 훔쳤을 때부터 시작되었습니다. 그때 스탠리는 조상을 탓하지 않고, 온전히 자신이 선택하고 행동하며 그 책임까지 질 준비가 되어 있었습니다. 스탠리는 친구 지로를 돕기 위해 위험을 무릅쓰고 사막으로 나왔습니다. 아픈 친구를 업고 극도로 힘든 길을 한 걸음 한 걸음 포기하지 않고 내디뎌 마침내 친구를 살려냈습니다. 조상의 업보를 풀어낸 스탠리의 행동은 스탠리 자신을 변화시키는 길이기도 했습니다. 용기, 우정, 인내를 통해, 자신의 나약한 모습을 극복함으로써 정신적으로 다시 태어나는 기쁨을 얻을 수 있었습니다.

이제 스탠리는 자신의 앞날을 스스로 결정하는 주체로서 힘을 가지게 되었습니다. 스탠리 앞에는 캠프에서 도망친 범죄자로 평생을 다른 이름으로 위장해서 살 것인가, 아니면 캠프로 돌아가 운명을 당당히 마주할 것인가, 두 가지 선택지가 있습니다. 스탠리는 자신의 운명과 당당히 마주하기를 선택합니다.

스탠리는 캠프로 돌아가 증조할아버지의 돈 가방을 찾아내고, 총으로 위협하는 캠프 소장과 펜댄스키의 위협에 맞서서 조상의 유산을 지키고 캠프에서도 풀려나 행복한 삶을 살게 됩니다. 지로 또한 어린 시절 헤어진 어머니를 만납니다. 스탠리가 행복할 수 있었던 것은 돈이 많아졌기 때문이 아닙니다. 겁 많고 포기에 익숙한 자신을 극복하고, 삶과 운명을 개척해 나갈 용기와 의지를 갖게 되었기 때문입니다.

마담 지로니의 노래

마담 지로니가 엘리야 옐넷에게 알려 준 돼지 자장가는 두 가지 버전이 있습니다. 하나는 엘리야 옐넷이 부르고 그의 아내 사라 밀러가 영어로 라임을 맞춘 노래이고, 다른 하나는 지로 엄마가 부르는 노래이지요. 비슷해 보이지만, 이 두 가지 버전의 노래는 사실 근본적으로 다릅니다.

"만약에, 만약에…." 딱따구리가 한숨짓네,
"나무껍질이 조금만 더 부드럽다면."
나무 아래서 기다리는 허기진 외로운 늑대,
달-을 향해 울부짖네.
"만약에, 만약에…."
"If only, if only," the woodpecker sighs,
"The bark on the tree was just a little bit softer."
While the wolf waits below, hungry and lonely,
He cries to the moo-oo-oon,
"If only, if only."

딱따구리와 늑대는 외적인 상황이 조금만 더 나았더라면 하고 자신의 환경을 한탄하고 있지요. 재수 없는 조상들을 탓해 왔던 스탠리 집안사람들이 부를 법한 노래입니다.

반면 지로 엄마는 이렇게 노래합니다.

만약에, 만약에. 달은 아무 대답이 없네.
해와 사라진 모든 것을 그저 되비출 뿐.
지친 나의 늑대야, 힘을 내렴. 담대하게 돌아서렴.
높이 날거라, 나의 아기 새야.
나만의, 나의 천사야.
If only, if only, the moon speaks no reply,

Reflecting the sun and all that's gone-by.
Be strong my weary wolf, turn around boldly.
Fly high, my baby bird,
My angel, my only.

스탠리 집안에 전해져 오는 노래는 딱따구리와 늑대의 불평이고, 지로 엄마의 노래는 그 불평하는 딱따구리와 늑대에게 용기를 주는 노래인 듯합니다. 달을 보고 만약에…라고 한탄해 봤자, 달은 대답하지 않습니다. 대신 지로 엄마의 노래는 늑대와 새에게 좀 더 강해지라고, 더 높이 날아오르라고 용기를 북돋아 줍니다.

어떤 노래가 마담 지로니의 노래에 더 가까울까요? 이 두 노래는 왜 이렇게 서로 달라졌을까요? 한 가지 힌트가 있습니다. 연인에게 실망한 나머지 충동적으로 미국으로 떠난 엘리야 옐넷은 미국에 도착하고서야 비로소 마담 지로니와 한 약속을 지키지 않았다는 것을 깨닫습니다. 그리고 미국 생활이 어려울 때마다 마담 지로니의 저주를 떠올리죠. 자신이 약속을 지키지 않았고 그래서 저주받았다고 생각합니다.

어쩌면 스탠리 집안의 저주는 약속을 지키지 않은 죄책감으로 인해, 엘리야와 그 후손들이 스스로 만들어 낸 것은 아닐까요? 그리고 그 죄책감은 좌절과 포기를 합리화시키면서 저주로 굳어졌던 것은 아닐까요? 약속을 지키는 일은 중요합니다. 그리고 반성하는 일은 그보다 더 중요합니다. 다만 과거의 죄책감에 시달리며 현재를 좌절과 포기로 보내서는 안 되겠지요. 담대하게 몸을 돌리는 늑대처럼, 하늘 높이 나는 새처럼, 항상 용기를 잃지 말고 운명의 주인으로 나서야 한다는 메시지를 마담 지로니의 노래는, 그리고 이 소설 『구덩이』는 독자에게 전하고 있습니다.

2

친절함에 대하여

R. J. 팔라시오의 『원더』

R. J. 팔라시오(R. J. Palacio)는 1963년 뉴욕에서 태어나 뉴욕 플러싱에서 자라고 교육받았습니다. 작가이자 그래픽 디자이너, 아트 디렉터로 일하며 많은 책 표지를 디자인했습니다. 자신의 책을 비롯해 폴 오스터, 토마스 핀천 등 유명 작가들의 책도 작업했습니다. 『원더(Wonder)』는 팔라시오의 대표작입니다. 그 밖에 『Pony』, 『White Bird: A Wonder Story』를 펴냈습니다. 현재 뉴욕 브루클린에서 남편과 두 아들과 함께 살고 있습니다.

『원더』는 2012년 출간되자마자 엄청난 인기를 누렸습니다. 2013년 전미도서관협회 올해의 도서상을 수상했으며, 《뉴욕타임스》 베스트셀러, 전미서점협회 추천도서로 선정되었고, 교사와 학부모를 위해 국제독서협회가 선정한 아이들 추천도서 목록인 '교사가 뽑은 책'에 오르기도 했습니다. 2017년에는 줄리아 로버츠가 어기(Auggie) 엄마로 연기한 영화로 제작되어 많은 사랑을 받았습니다. '친절'이라는 이 책의 주제는 '친절을 선택하라 운동(Choose Kind Movement)'을 일으키기도 했습니다. 현재까지 45개국에서 번역 출간되어 5백만 부 이상 팔렸습니다.

『원더』의 성공은 이후 『원더 365(365 Days of Wonder)』, 『우린 모두 기적이야 (We're All Wonders)』, 『Auggie & Me』 등의 시리즈물로 이어졌습니다.

한 아이가 태어납니다. 안면기형으로 태어난 아이는 어찌나 얼굴이 일그러졌던지 출산을 돕던 의사는 기절하고, 간호사는 산모가 볼까 봐 아기를 안고 병실을 뛰쳐나갑니다. 출산 장면을 촬영하다 당황한 아빠는 카메라를 떨어뜨려 카메라가 산산조각이 납니다. 아이는 대수술만 스물일곱 번을 받지만, 밖으로 나서면 여전히 충격과 혐오, 공포에 질린 사람들의 시선을 받습니다. 다행인 것은 이 아이를 우주의 중심인 양 보호하고 사랑하는 가족이 있다는 사실입니다. 하지만 아이는 열 살이 되고, 이제 가족의 품에만 머물 수 없다는 걸, 다른 아이들처럼 학교에 가야 한다는 걸, 아이와 부모 모두 알고 있습니다.

R. J. 팔라시오의 『원더』는 선천적 안면기형으로 태어난 소년 어

거스트(어기)가 가족을 벗어나 학교라는 사회에 첫발을 내딛는 이야기입니다. 이 소설에는 자신이 "평범한 열 살 소년이 아님"을 잘 아는 어기와 그의 가족, 그리고 친구들의 경험과 깨달음, 감정들이 촘촘히 새겨져 있습니다.

"마음을 움직이고 생각을 변화시키는 힘을 가졌다," "믿을 수 없을 정도로 매력적이고, 잔인하고, 휘황찬란하다," "독자들을 엄청나게 고양시키는, 너무나 희귀한 힘을 가진 소설." 『원더』가 비평가들로부터 받은 찬사입니다. 《뉴욕타임스》 선정 베스트셀러에 118주 동안 올라 있었고, 줄리아 로버츠가 어기의 엄마로 출연한 영화도 엄청난 성공을 거두었습니다. 이렇게 큰 성공을 거둔 이유는 아마도 우리가 거리에서 흔히 마주칠 듯한 인물들이 우리가 느꼈을 법한 감정들을 생생하고 공감력 있게 그려 냈기 때문일 것입니다. 소설을 읽다 보면, 우리는 어느새 소설 속 인물들과 친구가 된 듯한 느낌을 받게 됩니다.

작가 팔라시오는 자신의 실제 경험이 이 소설을 쓰는 계기가 되었다고 말합니다. 소설 속 잭의 보모 베로니카처럼, 작가는 두 아들을 데리고 아이스크림 가게에 갔다가 안면기형인 아이와 마주칩니다. 팔라시오는 자기 아이들이 놀라서 울자, 안면기형 아이가 상처받을까 봐 아이들과 서둘러 그곳을 떠납니다. 그러고는 이내 후회합니다. 허둥지둥 떠나는 대신 그 아이에게 다가가 말을 붙여 보았더라면, 그리고 자신의 아이들에게 그렇게 울며 무서워할 일이 아니라는 것을 가르쳐 주었더라면 좋았을걸, 하고 말이죠. 한편으론 온 세상 사람들에게서 외면받는 안면기형 아이에게 이 세상은 어떤 것일까 상상해 봅니다. 작가는 이 경험으로 인간관계의 기본인 '친절'이라는 주제에 다가가게 됩니다. '친절'은 언뜻 쉬워 보이면서도 실생활에서 실천하는 것이 간단하지 않습니다. 베로니카가 말하듯이, "꼭 나쁜 마음을 먹어야 다른 사람의 마음을 다치게 하는 게 아닌" 경우도 많기 때문입니다. 『원더』는 '친절'이라는 주제에 담긴 다양한 차원의 의미들을 독특한 문체에 담아 세밀하게 그려 냅니다.

다중시점: 다양한 스타일

『원더』는 주인공 어기뿐 아니라, 잭, 서머, 비아, 미란다, 저스틴 등 여러 서술자가 등장해 각자 자신의 이야기를 해 나갑니다. 이 '다중시점(multiple points of view)' 서술의 장점은, 등장인물들이 자신의 관점에서 서술하기에 때로는 숨겨진 진실이 드러나기도 하고, 이야기가 좀 더 흥미진진하게 전개된다는 것입니다. 예를 들어, 단짝 친구였던 비아와 미란다는 서로 멀어졌다가 다시 화해하는 과정에서 각자 서로 다른 처지와 감정을 토로함으로써, 독자들로 하여금 다양한 관점으로 인물과 사건을 바라보게 하고, 더 공감하며 이야기에 몰입하게 합니다.

 흥미로운 점은 『원더』의 다중시점 서술이 인물의 성숙도와 사고의 깊이, 개성에 따라 다양한 문체로 드러난다는 점입니다. 이제 갓 열 살이 된 어기와 잭, 서머가 쓰는 언어는 그 또래답게 단순합니다. 반면에 십 대 중반, 이제 고등학생이 된 비아와 미란다, 저스틴의 서술은 단어 수준부터 비유적 표현과 암시, 상황 이해까지 열 살 아이가 쓰는 것과는 다릅니다. 이런 차이는 독자들의 반응에서 확연히 드러납니다. 초등 5, 6학년 학생들은 어기와 잭, 서머의 이야기는 재미있지만, 비아, 미란다, 저스틴의 이야기는 이해하기 어렵다고 말하곤 합니다. 단어도 어렵고, 비유와 생략, 암시가 곳곳에 깔려 있어, 문장 너머를 이해해야 하는 부분이 많기 때문입니다. 반면에 중등학생들은 비아, 저스틴, 미란다의 이야기를 무리 없이 이해하는 양상을 보입니다. 즉 원서를 읽을 때, 영어 실력뿐 아니라, 글을 읽고 이해하는 사고력 또한 중요하다는 것을 이 소설 읽기를 통해 알 수 있습니다.

비아의 서술은 한 어린 소녀가 청소년기로 성장하면서 겪은 내면 변화를 잘 보여 줍니다. 안면기형으로 태어난 동생 어기를 철벽처럼 보호하던 비아는 점차 성장하면서 어기에게 심리적 거리감을 갖게 됩니다. 어기에게 처음 거리감을 갖게 된 순간을 묘사한 문장들은 가족을 벗어나 이제 다른 이들의 시선도 인정할 수 있도록 성장해 나가는 과정의 비아의 심리를 그려 내고 있습니다.

어기가 큰 수술을 받게 되는 바람에 한 달간 할머니 댁에 머물다 돌아온 비아는 이렇게 회상합니다.

어거스트는 온 마음을 다해 내게 입을 맞추는데, 내 눈에는 어거스트의 턱 밑으로 줄줄 흘러내리는 침밖에 보이지 않았다. 빤히 쳐다보거나 얼굴을 돌려 버리는 그런 사람들처럼, 갑자기 내가 그곳에 있었다. 공포에 질린 채, 역겨워하며, 겁을 집어먹고서.

다행히 그런 감정은 잠시였다. 어거스트가 낄낄 웃는 소리를 듣는 순간, 그 감정은 사라졌다. 모든 것이 예전으로 되돌아왔다. 하지만 그 일은 나에게 문을 하나 열어 놓았다. 몰래 들여다보는 작은 구멍. 그 구멍 반대편에는 두 어거스트가 있었다. 내가 맹목적으로 보던 어거스트와 다른 사람들이 보던 어거스트.

But as he was kissing me with all his heart, all I could see was the drool coming down his chin. And suddenly there I was, like all those people who would stare or look away. Horrified, Sickened, Scared.

Thankfully, that only lasted for a second; the moment I heard August laugh his raspy little laugh, it was over. Everything was back the way it had been before. But it had opened a door for me. A little peephole. And on the other side of the peephole there were two Augusts; the one I saw blindly, and the one other people saw.

이전에 비아는 동생을 보호해야 한다는 생각뿐, 동생의 얼굴이 흉측하다고 여긴 적이 없습니다. 하지만 떨어져 지내는 기간은 동생을 '객관적' 거리를 두고 보는 계기가 됩니다. 무조건 받아들이고 "맹목적으로(blindly)" 사랑하던 어린 비아의 내면에 "몰래 들여다보는 작은 구멍", 즉 균열이 생깁니다. 비아는 이 균열을 '맹목적으로 보다'라는 아이러니로 표현합니다. 'blind'란 '보지 못하거나 주변을 인식하지 못함'을 의미합니다. 사랑하는 대상만을 보느라, 주변을 보지 못한다는 의미입니다. 예전에 다른 사람이 조금이라도 어기를 이상한 눈길로 쳐다보면 마치 잡아먹을 듯이 노려보던 비아는 이제 그 다른 사람이 어기를 봤을 때의 느낌이 어떤 것이었는지 이해하게 됩니다. 자신의 가족만을 바라보던 비아가 이제 타인도 이해할 수 있는 첫발을 내딛게 된 것입니다.

『원더』의 독특한 서술 스타일의 예는 저스틴에게서 볼 수 있습니다. 저스틴은 음악에 깊이 빠져 있고, 내성적이며, 생각이 많은 인물입니다. 저스틴의 서술은 대문자 없이 소문자로만 되어 있습니다. 작가는 저스틴의 생각을 글로 표현한다면 낮은 음표로만 이루어진 악보 같지 않을까 생각했다고 합니다. 작고 낮은 소문자들이 수줍고 내성적인 저스틴을 드러내는 데 적합하다고 본 것이죠.

올리비아의 부모님은 더할 나위 없이 좋은 분들이다. 만나자마자 나를 편하게 대해 준다. 웨이터가 메뉴판을 가져오고, 어거스트에게 눈길이 닿는 순간 그의 표정이 확 바뀌는 게 보인다. 하지만 나는 모르는 척한다. 오늘 밤은 모두 모르는 척하는 분위기다. 웨이터도. 나의 틱도. 어거스트가 나초를 우적우적 씹어 먹고, 부스러기를 숟가락에 떠서 입으로 가져가는 모습도. 올리비아를 바라보니 나를 보고 싱긋 웃어 준다. 올리비아는 안다. 올리비아는 웨이터의 얼굴을 본다. 내 틱을 본다. 올리비아는 모든 것을 보는 소녀다.

her parents couldn't be nicer. put me at ease right away. the waiter brings over the menus and i notice his expression the moment he lays eyes on august. but i pretend not to notice, i guess we're all pretending not to notice things tonight. the waiter. my tics. the way august crushes the tortilla chips on the table and spoons the crumbs into his mouth. i look at olivia and she smiles at me. she knows. she sees the waiter's face. she sees my tics. olivia is a girl who sees everything.

작가 팔라시오는 소문자로만 이루어진 저스틴의 서술이 그의 생각의 흐름을 음악적 비주얼로 표현한 것이라 밝힌 바 있습니다. 이 서술을 읽다 보면, 낮은 음계의 음악처럼 낮은음으로 소곤소곤 말하는 저스틴의 목소리가 들리는 듯합니다. 웨이터의 표정, 저스틴의 틱, 어기가 먹는 모습, 그리고 이 모든 것을 보며 미소 짓는 올리비아의 모습은 비록 짤막하게 묘사되지만, 독자는 식탁의 분위기가 어떨지 충분히 짐작할 수 있습니다.

이 소설에는 또한 교장 선생님과 줄리안 어머니의 정중한 형식을 갖춘 문자메시지나 편지가 나오고, 실제 십 대들이 쓰는 형식과 문법을 무시한 문자메시지도 나옵니다. 이 소설의 네 번째 부분인 잭의 이야기 중에서, 「편지들, 이메일들, 페이스북, 문자들」 챕터에는 이런 다양한 스타일의 영어 글들이 실려 있습니다. 이 부분은 잭이 어기를 조롱하는 줄리안의 얼굴을 때린 사건을 중심으로 주고받은 글들입니다. 잭의 반성문과 교장 선생님의 훈계 글이 등장하고, 교장 선생님과 줄리안 어머니, 잭 어머니가 서로 나누는 이메일도 실려 있습니다. 관계가 어색해진 잭과 어기가 서로 오해를 풀고 화해하는 과정의 친구 사이 문자들도 나옵니다. 이렇듯 다양한 형식과 문체의 영어를 접할 수 있다는 건, 이 소설을 원서로 읽을 때 누릴 수 있는 또 다른 장점입니다.

친절: "사람의 모습을 한 신의 얼굴"

"[신의 얼굴은] 사람들이 베푸는 친절 속에서 어렴풋이 빛났고," 교장 선생님은 빙그레 웃으며 되풀이했다. "정말 간단한 일이죠, 친절이란. 참으로 간단한 일, 누군가 필요로 할 때 건네는 따뜻한 격려의 말 한마디. 우정 어린 행동. 지나가며 한번 웃어주기."

"[The face of God] glimmered in their kindness to him," he repeated smiling, "Such a simple thing, kindness. Such a simple thing. A nice word of encouragement given when needed. An act of friendship. A passing smile."

『원더』의 대미를 장식하는 졸업식 장면에서 터시먼 교장 선생님은 '친절'을 주제로 연설합니다. 교장 선생님은 작가 제임스 베리를 인용하여, 우리는 "언제나 필요 이상으로 친절하려고 노력해야 한다"고 말합니다. 친절은 자연스럽게 타고나는 성품이라기보다는, 개인이 결심하고 노력해야 하는 '선택'이기 때문입니다. 친절한 성격을 가지고 태어났기 때문이 아니라, 설혹 마음이 내키지 않더라도 남에게 친절하게 행동하겠다고 선택하는 것이 진정한 친절함이라고 교장 선생님은 강조합니다.

이렇듯 친절이 타고난 성품이 아닌 선택이라는 것을 이 소설은 여러 인물과 에피소드를 통해 보여 주고 있습니다. 예를 들어, 어기의 '환영 친구'가 되어 주겠다는 잭의 선택이 그것입니다. 잭은 어기의 환영 친구가 되어 주라는 교장 선생님의 부탁이 처음에는 내키지 않았습니다. 어린 시절 베로니카 누나랑 아이스크림 가게에 갔다가 보게 된 어기의 흉측한 얼굴이 기억났기 때문이지요. 엄마의 부탁에도, 잭은 어기의 환영 친구가 되기를 완강히 거부합니다. 하지만 결국 환영 친구가 되기를 '선택'합니다. 자신의 동생 제이미가 어기를 보고 비명을 지르며 달아났다는 얘기를 듣자 안타까운 마음이 들었기 때문입니다. 제이미처럼 착한 아이마저 비명을 지르고 피할 정도면, 어기가 학교 아이들 사이에 설 자리는 전혀 없겠다는 생각이 들었습니다. 잭은 자신도 무섭고 싫지만, 불쌍한 어기를 도와주겠다고 선택한 것입니다.

서머 또한 아이들에게서 '전염병'처럼 따돌림당하는 어기의 옆자리에 앉아 같이 점심을 먹는 친구가 되어 주기를 '선택'합니다. 물론 어기의 얼굴에 적응하는 것이 쉽지 않고, 특히 음식을 먹는 유별난 모습을 마주하는 것이 불편하지만, 서머는 전교생이 주변에서 수군거리고 따돌리는 어기 옆에 잠시나마 앉아 있는 친구가 되기를 선택했습니다. 사소하게 보일지 몰라도 사실 대단한 용기가 없으면 할 수 없는 일입니다. 용기란 이처럼 평범한 일상에서의 작은 선택들을 가능하게 하는 힘입니다.

여기서 '선택'은 모든 것의 기준이 되거나, 결코 뒤바꿀 수 없는 결정적인 것이 아닙니다. 『원더』의 아이들은 각자가 낼 수 있는 만큼 용기를 내어 친절을 선택합니다. 잭은 어기와 교실에 같이 가거나 옆자리에 앉지만, 식당에서만큼은 같이 앉지 않습니다. 어기의 친구가 되느라 이전 친구들을 모두 잃고 싶지는 않았던 겁니다. 모범생이고 인기 많은 샬롯도 자신이 낼 수 있는 만큼 용기 내어 친절을 선택합니다. 어기를 괴롭히는 줄리안 무리가 잘못이라고 생각하지만, 그렇다고 적극적으로 어기의 편을 들어 친구를 잃고 싶지도 않습니다. 나중엔 줄리안 무리였던 헨리, 아모스, 마일스도 캠프에서 위험에 처한 어기를 보호합니다. 어기를 따돌렸던 다른 아이들도 자꾸 바라보고 익숙해지면서 어기가 괴물이 아니라, 자신들과 같은 평범한 아이라는 것을 차츰 깨닫게 됩니다.

함께하는 시간이 길어질수록, 겉모습 뒤에 있는 본모습을 볼 수 있습니다. 아이들은 어기를 친구로 받아들였고, 친구가 위험에 처했을 때 용감하게 나서서 보호해 주었습니다. 작가 팔라시오가 꼽은 가장 감동적인 장면은 어기와 헨리 무리가 숲에서 무사히 도망쳐 나온 후 스스럼없이 하이파이브하는 장면이었습니다. 전염병 놀이를 하며 어기를 전염병처럼 취급하던 아이들이 서로 손을 마주치고 얼싸안게 된 것입니다.

이렇듯 친절은 우리 생활에서 각자 처한 환경과 의지에 따른 '선택'입니다. 설혹 지금은 친절을 선택하지 않더라도, 자신에 대해 반성하고 성찰하면서, 준비된 만큼 조금씩 용기 내어 선택해 나갈 수 있습니다. 한번 주위를 둘러보세요. 여러분은 어떤 친절을 선택할 수 있나요?

"만약 옳음과 친절 가운데 하나를 선택해야 한다면, 친절을 택하라"

브라운 선생님은 매달 금언을 골라 칠판에 써 놓으십니다. 어기가 학교에 입학한 후 첫 수업에서 브라운 선생님이 내놓으신 금언은 "만약 옳음과 친절 가운데 하나를 선택해야 한다면, 친절을 택하라" 였습니다. 제게는 이 소설 『원더』에서 이 금언 부분이 개인적으로 가장 어렵게 느껴졌습니다. 옳음과 친절, 두 가지 중 하나를 선택한다는 것은 쉽지 않은 문제입니다. 우리는 보통 남에게 친절한 것이 옳은 것이기에 옳음과 친절이 서로 대립한다고 생각하지 않습니다. 하지만 소설은 종종 이런 상황을 그려 냅니다.

예를 들어, 빅토르 위고의 『레미제라블』은 옳음과 친절이라는 주제를 진지하게 탐구하고 있습니다. 미리엘 신부님은 굶어 죽어 가던 장발장에게 먹을 것과 잠자리를 제공하는 친절을 베풀지만, 장발장은 은식기를 훔쳐 갑니다. 그럼에도 신부님은 배은망덕한 장발장을 용서하기로 선택하고 은촛대까지 내어 줍니다. 신부님의 자비와 친절에 대비되는 인물이 법의 엄정함과 옳음을 대표하는 자베르 경감입니다. 자베르 경감은 범죄자 장발장이 신분을 숨기고 시장이 된 것을 용서할 수 없습니다. 법의 엄정성과 정의에 합당하지 않다고 생각했기 때문입니다. 그는 마들렌 시장이 과거의 범죄자 장발장이었음을 밝히려 끝까지 추적합니다. 『레미제라블』은 인간을 구원하는 힘은 자베르 경감의 정의와 옳음이 아니라 미리엘 신부의 자비와 친절에 있다는 것을 보여 줍니다.

『원더』에서도, 『레미제라블』만큼 장대하거나 심오한 면은 덜하더라도, 옳음과 친절이 충돌하는 장면을 볼 수 있습니다. 어기가 '공부를 못하는' 잭에게 답을 가르쳐 주는 장면을 들 수 있습니다. 하지만 다른 사람의 답을 보거나 다른 사람에게 답을 보여 주는 행동은 금지되어 있습니다. 잭은 친절하고 용감한 아이이지만 공부를 못합니다. '공부를 잘하는' 어거스트로서는 답을 가르쳐 주는 것이 교실에서 늘 옆자리를 지켜 주는 잭에게 고마움을 표시할 수 있는 방법이었을 겁니다. 또 다른 장면에서, 잭이 줄리안을 때렸을 때, 교장 선생님은 잭에게 엄한 벌을 주지 않았습니다. '폭행' 그 자체로만 보면, 정학 혹은 퇴학까지 내릴 수 있는 심각한 사안이지요. 그러나 교장 선생님은 평소 잭이 보여 준 선한 성품을 신뢰하여 잭에게 심한 벌을 주지 않습니다.

이보다 선택을 어렵게 하는 장면은, 어거스트를 학교에 받아들인 것이 과연 옳은 일이었는지 줄리안의 어머니가 교장 선생님에게 문제를 제기하는 장면입니다. 통합교육 학교가 아님에도 심각한 안면 기형을 지닌 아이를 받아들인 것, 입학 절차가 다른 아이들처럼 엄정하게 진행되지 않은 것, 그리고 학부모들의 동의 없이 진행된 것 등에 대해 문제를 제기합니다. 안면기형을 지닌 아이에 대한 교장 선생님의 '친절'이 입학의 행정 절차와 학부모 동의라는 원칙, 즉 '옳음'을 지켰느냐는 문제를 제기한 것입니다. 교장 선생님은 "사소한 교칙 위반"은 있었을지 몰라도 입학 전형에서 편파적인 요소는 없었으며, 어거스트와 같이 공부함으로써 오히려 아이들이 공감과 우정, 의리 등의 가치에 대해 배울 훌륭한 기회를 갖는다고 말씀하십니다. 여러분은 어떻게 생각하나요? 함께 토론해 볼 좋은 주제라고 봅니다.

"우주는 모든 새를 돌보아 준다"

미란다의 말이 자꾸 생각난다: 우주는 어기 풀먼에게 친절하지 않아. (…)

우주는 눈에 보이지 않는 방법으로 우주의 가장 연약한 창조물들을 보살펴 준다. 맹목적으로 사랑을 주는 너의 부모님, 너를 두고 평범한 사람이 된다는 것에 죄책감을 느끼는 누나. 너의 일로 왕따를 당하는 걸걸한 목소리의 그 녀석. 그리고 심지어 네 사진을 지갑 속에 지니고 다니는 분홍 머리 여자애까지. 설령 우주가 복권 뽑기라도, 우주는 결국 모든 것을 공평하게 만들어 준다. 우주는 모든 새를 돌보아 준다.

miranda's words keep coming back: the universe was not kind to auggie pullman. (…)

it takes care of its most fragile creations in ways we can't see. like with parents who adore you blindly. and a big sister who feels guilty for being human over you. and a little gravelly-voiced kid whose friends have left him over you. and even a pink-haired girl who carries your picture in her wallet. maybe it is a lottery, but the universe makes it all even out in the end. the universe takes care of all its birds.

미란다는 말합니다. "이 우주는 어기 풀먼에게 결코 친절하지 않아." 아무런 잘못도 없이 안면기형으로 태어나 스물일곱 번이나 고통스러운 수술을 겪어야 했고, 마치 전염병처럼 사람들에게서 혐오의 눈길을 받는 어기에게 이 우주는 결코 친절하다고 할 수 없습니다. 하지만 어기가 용기를 내어 세상에 나왔을 때, 친절을 베풀어 준 사람들을 만날 수 있었습니다. 어기와 친구라는 이유로 같이 따돌림을 당하면서도 친구가 되기를 선택한 잭과 서머가 있었습니다. 어기를 학교에 기꺼이 받아 준 교장 선생님을 비롯한 학교 선생님들이 있었습니다. 선생님들은 어기의 얼굴을 보고 속으로 놀랐을지언정 내색하지 않고 어기를 다른 아이들과 똑같이 대했습니다. 교장 선생님은 학교 이사회장으로 강력한 힘을 가진 줄리안 엄마에 맞서 어기를 학교에서 지켜 주었습니다.

특히 교장 선생님의 관용의 태도는 주목할 만합니다. 특정 종교만 고집하지 않고, 유대교, 기독교, 흑인 종교까지 아울러 "해피 하누카! 메리 크리스마스! 해피 콴자!"라고 잭에게 인사하는 장면은 깊은 인상을 남깁니다. 자신이 믿는 종교와 다른, 타인이 믿는 다양한 종교들까지 존중하는 배려와 친절의 마음을 읽을 수 있습니다. 비처 사립중학교의 학생들과 선생님들은 편견을 극복하고 어기에게 친절을 베풀어, 결국 어기가 얼마나 용기 있고 똑똑하고 선한 아이인지를 사람들 모두에게 알리게 되었습니다. 어기 또한 학교에 다니며 더욱 단단해지고 성숙해졌습니다.

어기를 우주의 중심처럼 보호하고 사랑하는 가족들이야말로 "연약한 창조물"인 어기를 보살펴 주는 우주의 자비라 할 수 있습니다. 어기의 가족은 힘든 상황에서도 서로를 지극히 아낍니다. 하지만 소설에 등장하는 모든 가족이 이렇게 사랑에 넘치지는 않습니다. 미란다의 부모님은 이혼했고 미란다에게 관심이 없습니다. 저스틴 역시, 애정 결핍으로 고통받고 있습니다. 어기의 가족은 이렇게 사랑에 굶주려 있던 친구들을 따뜻하게 품어 줍니다. 노숙자가 기르던 개였던 데이지를 얼떨결에 사서, 가족으로 받아들이고 끝까지 진심으로 사랑해 주는 대목을 읽으면 어기 가족에게 깊은 사랑의 마음이 내재되어 있음을 알 수 있습니다.

어기를 사랑하고 보호해 준 가족과 친구들, 학교 선생님들이 있지만, 궁극적으로 어기를 보호하는 힘은 바로 어기 자신이라는 생각이 듭니다. 비록 남들은 외면하거나 경멸하지만, 어기의 못난 얼굴을 친절하게 받아들여 준 첫 번째 인물은 바로 어기 자신이지 않을까 싶습니다. 어기는 남들이 어떻게 보든 상관없이, 자신을 평범한 아이라고 생각합니다. 처음 학교에 간 날, 모든 학생들이 수군대고 전염병 취급을 하지만, 어기는 오히려 아이들에게 괜찮다고, 너희들을 이해한다고 속으로 생각합니다. 그리고 수술받을 생각이 없느냐는 잭의 질문에 이미 스물일곱 번 수술 받은 얼굴이라고 말하며 잭과 함께 폭소를 터뜨립니다. 물론 어기도 '나는 왜 이렇게 생겼을까' 서러워 울기도 합니다. 하지만 자신의 '못난' 얼굴을 친절하게 받아들였을 때 비로소 어기는 세상에 발을 내딛고 똑똑하고 유머러스하며 용감한 아이가 되어 사람들과 살아 나갈 수 있었습니다. 이것이 어기가 "원더," 즉 그 존재 자체가 기적이 된 이유일 겁니다. 우주의 보살핌은 우리가 스스로 서는 힘, 바로 자신을 사랑하는 힘이 아닐까요? 나 자신의 가장 못난 부분에 친절해 보세요. 우리에게도 어기처럼 기적이 일어날지 모릅니다.

3

눈부신 존재가 된다는 것

엘윈 브룩스 화이트의 『샬롯의 거미줄』

엘윈 브룩스 화이트(E. B. White, 1899~1985)는 뉴욕에서 태어났습니다. 리포터, 광고 작가 등으로 활동하다가《뉴요커》의 작가이자 편집자로 긴 시간 일하고 은퇴합니다. 내성적이고 조용한 성격이었던 화이트는 유머와 위트가 넘치면서 사색적인 글로 유명해졌습니다. 화이트가 쓴 어린이 책은『샬롯의 거미줄(Charlotte's Web)』외에『스튜어트 리틀(Stuart Little)』과『백조의 트럼펫(The Trumpet of the Swan)』이 있습니다. 이 책들엔 모두 동물이 주인공으로 등장합니다. 퓰리처상을 수상했고, 미국 대통령이 수여하는 '자유의 메달'을 받았습니다.

1952년 출간된『**샬롯의 거미줄**』은 1953년 뉴베리 아너상 수상 이래 많은 상을 받았고, 작가 화이트가 사망한 후에도 꾸준히 사랑받고 있는 작품입니다. BBC가 선정한 인기 아동문학 1위에 오른 바 있고, 2007년 전미교육협회가 선정한 '교사가 뽑은 어린이 도서 100권'에도 뽑혔습니다. 23개국에서 출판되어 4천5백만 권 이상이 판매된 것으로 알려져 있습니다. 풍부한 감성이 돋보이는 목소리로 화이트가 낭독한 LP 음반도 있습니다. 1973년 〈샬롯의 거미줄〉이 영화로 처음 만들어졌고, 2006년에는 파라마운트사에서도 영화로 제작하여 다코타 패닝이 펀으로, 줄리아 로버츠가 샬롯의 목소리로 출연했습니다.

『샬롯의 거미줄』은 가장 사랑받는 아동문학 작품 중 하나입니다. 아름답고 감동적인 이야기로 빛나는 이 작품은 비단 영미권에서뿐 아니라, 우리나라에서도 최고의 아동문학 작품 중 하나로 꼽히고 있습니다.

작가 엘윈 브룩스 화이트는 예술적 환경의 가정에서 성장하였으며, 책을 많이 읽고 자연을 탐험하며 어린 시절을 보냈습니다. 아버지는 피아노 회사를 경영했고, 어머니는 당시 미국의 유명화가 윌리엄 하트(William Hart)의 딸이었습니다. 화이트의 외조부인 윌리엄 하트는 미국의 아름다운 자연경관을 그린 낭만주의 미술가 그룹인 '허드슨강 학파'의 화가로 그의 형제자매뿐 아니라 자녀들까지 화가로 활동하였습니다. 화이트의 형 스탠리 하트 화이트는 조경 건축학

교수이자 '수직 정원(vertical gardening)'을 고안해 낸 인물로, 화이트는 어린 시절 이 형에게서 글 읽는 법과 자연을 탐험하는 법을 배웠습니다. 『샬롯의 거미줄』에서 마치 그림이나 영화를 보듯 생생하게 자연을 그려 낸 화이트의 재능은 이렇듯 어린 시절부터 예술과 자연을 사랑하는 분위기에서 성장한 덕이 크다고 할 수 있습니다.

다양한 분야에서 작가로 활동한 화이트는 감성을 풍부하게 담아내면서도 간결하고 명료한 글쓰기로 유명합니다. 작가가 되기를 꿈꾸는 이들의 교과서로 불리는 『글쓰기의 법칙(The Elements of Style)』의 저자라는 점에서도 화이트의 글쓰기 스타일이 남다름을 확인할 수 있습니다. 이 책은 품격과 매력 넘치는 글쓰기의 원칙을 제시하는 책으로 유명합니다. 1920년 윌리엄 스트렁크(William Strunk jr)가 출간한 초판을 1959년 화이트가 크게 수정, 보강하여 출간한 개정판이 지금 읽히고 있는 『글쓰기의 법칙』입니다. 수십 년이 지난 지금까지도 미국 대학의 글쓰기 수업 교재로 쓰이는 이 책은 2011년 《타임스》 선정 '1923년 이래 가장 훌륭하고 영향력 있는 영어 도서 100선'으로 선정되기도 했습니다.

화이트의 이러한 글쓰기가 가장 잘 구현된 작품으로 평가받는 『샬롯의 거미줄』은 '스토리텔링의 기적'이자, '글쓰기를 원하는 사람은 모두 읽어야 할' 책으로 인정받고 있습니다. 『샬롯의 거미줄』은 아름다운 영어 문장을 보여 주는 대표작이라는 점에서 원서로 읽어볼 가치가 충분합니다. 샬롯을 비롯한 등장인물들이 흥미로운 영어 단어들의 의미를 토론하는 장면들은 이 작품이 영어 공부를 재미있게 만드는 교과서라는 찬사에 동감하게 합니다.

"내가 책에서 말하고 싶은 모든 것은 (…) 내가 이 세상을 사랑한다는 것이다"라는 작가의 말처럼, 『샬롯의 거미줄』은 세상에 대한 작가의 따뜻한 사랑과 관조가 넘치는 작품입니다. 인간과 동물들의 모습, 다양한 자연의 풍경과 변화하는 계절을 아름다운 언어로 그려 내는 이 작품은 생명에 대한 존중과 긍정으로 가득 차 있습니다.

짧고도 아름다운 삶에 대한 관조

샬롯은 아름답고 아는 것이 많으며 따뜻한 마음을 지닌 거미입니다. 윌버(Wilber)가 친구를 필요로 할 때 친구가 되어 주고, 임신하여 힘든 몸이면서도 윌버를 돕기 위해 기꺼이 자신을 희생합니다. 샬롯은 1년이라는 짧은 생을 살다 가는 존재입니다. 『샬롯의 거미줄』의 시간 배경은 어느 봄에서 시작하여 여름, 가을, 겨울을 거쳐 이듬해 봄까지 이어집니다. 샬롯이 태어나서부터 샬롯의 새끼들이 태어날 때까지의 시간입니다. 작가는 계절과 자연의 묘사를 통해 짧고도 아름다운 샬롯의 삶을 그려 내면서 생명에 대한 관점을 보여 줍니다.

다음의 글은 여름에 대한 묘사입니다. 여름은 즐겁고 생명력 넘치는 계절이지만, 짧은 중간막에 불과합니다.

초여름 날들은 새들에게 축제의 시간이다. 들판에, 집 주변에, 헛간에, 숲에, 늪에 — 모든 곳에 사랑과 노래와 둥지와 알들이 있다. 숲 가장자리에서 (보스턴에서 날아온 것이 틀림없는) 흰목참새가 노래한다. "오, 피바디, 피바디, 피바디!" 사과나무 가지에서 딱새가 흔들거리고 꼬리를 까닥이며 노래한다, "피비, 피이비!" 생이 얼마나 짧고 사랑스러운지 아는 멧종다리는 지저귄다. "스윗, 스윗, 스윗 인터루드" 헛간에서 제비가 둥지에서 내려 덮치며 꾸짖는다. "치키, 치키!"

Early summer days are a jubilee time for birds. In the fields, around the house, in the barn, in the woods, in the swamp — everywhere love and songs and nests and eggs. From the edge of the woods, the white-throated sparrow (which must come all the way from Boston) calls, "Oh, Peabody, Peabody, Peabody!" On an apple bough, the phoebe teeters and wags its tail and says, "Phoebe, phoe-bee!" The song sparrow, who knows how brief and lovely life is, says, "Sweet, sweet, sweet interlude; sweet, sweet, sweet interlude." If you enter the barn, the swallows swoop down from their nests and scold. "Cheeky, cheeky!" they say.

흰목참새, 딱새, 멧종다리, 그리고 제비의 노랫소리는 의성어입니다. 실제 흰목참새는 '피바디, 피바디' 하며 노래한다고 합니다. 피바디는 보스턴 근교의 도시입니다. 그래서 흰목참새가 보스턴에서 오는 게 틀림없다고 유머러스하게 말하지요. 딱새, 즉 피비 새는 노랫

소리가 '피비'입니다. 흰목참새와 딱새가 생명의 희열과 풍요로움을 노래하고 있다면, 멧종다리와 제비는 그 생명에게 주어진 시간이 짧다는 것을 노래합니다. 'interlude'는 긴 오페라나 연극의 간주곡, 혹은 짧은 막간극을 뜻하는 단어입니다. "스윗 인터루드"는 인생이 달콤한 간주곡, 혹은 막간극이라는 의미이지요. 제비 소리 "치키"는 건방지다는 의미이고요. 고작 막간극 같은 짧은 삶을 사는 주제에, 마치 생의 기쁨이 영원할 것처럼 희열에 차 노래하는 새들의 어리석음을 꾸짖는다는 뜻입니다. 작가는 새들의 의성어를 교묘하게 이용하여 생의 짧음과 덧없음을 말하고 있습니다.

귀뚜라미는 여름의 끝을 노래합니다.

귀뚜라미들은 풀밭에서 노래했다. 귀뚜라미는 여름의 끝을 노래했다. 슬프고도 단조로운 노래를. "여름은 끝나고 가 버렸네." "끝나고 가 버렸네, 끝나고 가 버렸네. 여름이 죽어 가고 있네."

귀뚜라미는 모든 이에게 여름이 영원하지 않다고 경고하는 것이 그들의 의무라고 느꼈다. 일 년 중 가장 아름다운 날—여름이 가을로 변하는 날에도—귀뚜라미는 슬픔과 변화의 소문을 퍼뜨렸다.

The crickets sang in the grasses. They sang the song of summer's ending, a sad, monotonous song. "Summer is over and gone," they sang. "Over and gone, over and gone. Summer is dying, dying."

The crickets felt it was their duty to warn every-body that

summertime cannot last forever. Even on the most beautiful days in the whole year—the days when summer is changing into fall—the crickets spread the rumor of sadness and change.

귀뚜라미의 노랫소리와 함께 이제 여름은 가고 가을이 옵니다. 세상에 영원한 것은 없습니다. 생은 짧고, 이어서 새로운 것이 나타납니다. 짧기에 슬프지만, 이는 자연의 섭리이기도 합니다.

이렇듯 이 작품의 저변에 깔린 생명에 대한 관조적 태도를 바탕으로 윌버와 펀, 샬롯을 비롯한 인물들의 이야기가 전개됩니다.

"그건 불공평해요": 모든 생명이 소중해

『샬롯의 거미줄』은 아빠 애러블 씨(Mr. Arable)와 딸 펀(Fern)의 실랑이로 시작합니다. 애러블 씨는 집에서 기르는 돼지가 낳은 몸집 부실한 새끼를 죽이려 하고, 펀은 그런 아빠의 도끼를 부여잡고 아기 돼지를 죽이지 말라며 떼를 쓰지요. 아빠는 결국 딸의 간청대로 아기 돼지를 내어 줍니다. 펀은 아기 돼지에게 윌버라는 이름을 붙여 주고 정성껏 돌봅니다.

이 첫 장면에서 흥미로운 점은 펀이 약한 새끼를 죽이려 하는 아빠의 행동을 "불공평"하다고 항변한다는 점입니다. 단지 작게 태어났다는 이유로 아무 잘못 없이 죽임을 당한다는 것, 그리고 단지 동물이기에 죽임을 당한다는 것은 불공평하다고 펀은 주장합니다. 이에 반해 아빠는 약한 동물은 골칫덩이일 뿐이며, 인간 아기와 새끼 돼지는 결코 같을 수 없다고 말합니다. 엄마도 아빠 편입니다. 약하게 태어난 새끼 돼지는 결국 죽게 될 테니, 차라리 일찍 죽이는 편이 고통을 덜 받는 길이라고 생각하죠.

애러블 씨와 펀의 실랑이는 자연과 생명에 대한 서로 다른 관점을 보여 줍니다. 애러블 씨가 현실적이고 인간 중심적인 태도를 보이는 데 반해, 펀은 모든 생명을 소중하고 평등하게 바라봅니다. 펀에게 동물의 목숨은 인간의 목숨만큼 소중합니다. 작고 약하게 태어난 것, 동물로 태어난 것이 아기 돼지의 잘못이 아님에도 단지 인간에게 골칫덩이가 된다는 이유로 죽임을 당한다는 것은 펀에게 참을 수 없는 일입니다.

우리 인간은 자신의 이익을 위해 당연한 듯 자연을 희생시키며 살아왔습니다. 오랜 옛날부터 잡아먹거나 일을 시키기 위해 동물을 키웠고, 큰 건물을 짓기 위해 나무를 베고 땅을 파헤쳤습니다. 수천 년간 이러한 인간 중심의 현실주의를 지극히 당연한 것으로 여겨 왔습니다. 펀의 부모도 그렇습니다. 인간과 동물의 목숨을 공평하게 대해야 한다는 펀의 주장이 부모의 눈에는 오히려 비현실적이고 앞뒤가 맞지 않아 보입니다.

'공평'이라는 단어는 단순하지 않습니다. 공평함, 혹은 정의를 주제로 많은 철학자가 두툼한 책들을 펴냈지요. 여기에서 공평을 주제로 논의하는 것까진 못 하더라도, 펀이라는 어린아이의 관점은 우리에게 인간 중심적 사고방식에 대해 돌아볼 계기를 마련해 줍니다.

『샬롯의 거미줄』에서 사람들은 자연과 세계에 대해 자신들이 믿는 것만 받아들입니다. 자신이 이해할 수 없는 것은 애러블 부인처럼 불편해하거나, 목사와 대부분의 다른 사람들처럼 불가사의한 신의 계시라고 치부해 버립니다. 인간은, 특히 어른들은 대개 편협한 모습으로 이 작품에 비칩니다. 샬롯은 눈에 보이는 것, 게다가 글자라면 뭐든지 믿고 보는 사람들의 속성을 이용하여 윌버의 목숨을 구합니다. 인간만이 말할 수 있다고 믿는 애러블 부인은, 펀이 동물들과 대화한다고 주장하는 것이 걱정되어 도리언 박사를 찾아갑니다. 도리언 박사의 조언에서 인간 중심의 사고방식이 편협할 수 있다는 사실이 엿보입니다.

"동물이 말하는 것을 들어 본 적은 없습니다." 그는 대답했다. "그렇다고 그것으로 뭔가를 증명할 수는 없지요. 어떤 동물이 나한테 점잖게 말을 걸었을 수도 있고, 내가 주의하지 않아서 그 말을 알아듣지 못했을 수도 있어요. 어린이는 어른들보다 동물들에게 좀 더 주의를 기울이니까요. 펀이 주커만 씨네 헛간에 있는 가축들이 말을 한다고 하면, 나는 기꺼이 믿겠습니다. 아마 사람들이 말을 덜 하면, 가축들이 말을 할지도 모르지요. 사람들은 잠시도 쉬지 않고 떠들어 대니까요. 장담합니다."

"I never heard one say anything," he replied. "But that

proves nothing. It is quite possible that an animal has spoken civilly to me and that I didn't catch the remark because I wasn't paying attention. Children pay better attention than grownups. If Fern says that the animals in Zuckerman's barn talk, I'm quite ready to believe her. Perhaps if people talked less, animals would talk more. People are incessant talkers—I can give you my word on that."

도리언 박사의 말처럼, 우리가 조금 더 자연에 귀를 기울인다면, 펀과 마찬가지로 자연이 나누는 대화와 자연이 인간에게 걸어오는 말들을 들을 수 있을지 모릅니다. 작가 화이트가 펀을 통해 말한 생명의 '공평함'은 바로 우리의 인간 중심주의에 대한 진솔한 문제 제기 아닐까요?

"그게 내 천성인걸": 다양성을 존중해 줘

펀의 사랑을 받고 무럭무럭 자라던 아기 돼지 윌버는 5주가 되었을 때 펀의 삼촌인 주커만 씨 농장으로 팔려 갑니다. 펀의 보살핌을 받으며 다섯 주 동안 성장한 윌버는 이제 자신의 감정과 생각을 지닌 돼지가 되었습니다. 친구가 그리워 우는 윌버에게 거미 샬롯이 친구가 되어 줍니다. 샬롯 A. 카바티카. 사탕 크기의 아름다운 회색 거미가 공중에 매달려 손을 흔들며 윌버에게 자신을 소개합니다. 윌버는 친구가 생겼다며 기뻐하지만, 곧 충격을 받습니다. 샬롯이 사냥하는 모습이 너무 잔인하게 느껴졌거든요.

샬롯은 거미줄을 쳐놓고 파리가 걸리기를 기다렸다가, 걸려든 파리를 잽싸게 낚아채서 꽁무니에서 거미줄을 뽑아 둘둘 말고 굴리고 기절시켜 피를 빨아 먹습니다. 이런 샬롯을 지켜보던 윌버는 경악합니다. 하지만 샬롯이 말하듯이, 거미들이 잔인한 것이 아니라 단지 먹이를 구하는 방식이 돼지와 다를 뿐입니다. 돼지는 인간이 매 끼니를 제공해 주지만, 거미들은 스스로 거미줄을 쳐서 덫을 놓고 기다렸다가 걸려든 먹이를 먹고 살아갑니다. 거미줄을 짜는 기술은 생존을 위해 조상 대대로 내려온 것입니다. 거미는 날 때부터 사냥 방식에 적합한 신체 조건을 갖고 태어납니다. 이 특징들은 유전적으로 정해진 것으로, 싫다고 바꿀 수 있는 것이 아닙니다. 돼지인 윌버가 제아무리 노력해도 거미줄을 짜지는 못하는 것처럼요.

다양한 생명체들은 각기 다양한 방식으로 자연에서 생존합니다. 무섭고 끔찍해 보이는 거미의 사냥법도 자연의 생존 방식 중 하나입니다. 서로 다른 존재들이 친구가 되려면 각자의 존재 방식을 이해하고 받아들여야 합니다. 인간이 먹이를 주는 집돼지인 윌버는 매 끼니 사냥을 해서 먹고살아야 하는 샬롯을 이해해야 친구가 될 수 있습니다.

때로는 서로 다른 이 생명체들의 개성과 능력이 모여 큰 힘을 발휘하기도 합니다. 샬롯의 무시무시한 사냥은 근사한 거미줄 짜기 솜

씨와 부지런함, 그리고 사냥 기술로 단련된 지혜가 결합해 이루어집니다. 샬롯의 이런 능력이야말로 윌버를 살린 힘이었지요. 샬롯은 자신의 거미줄 짜기 능력에 지혜를 더해 근사한 글자들을 부지런히 짜내어 윌버를 구합니다. 그리고 샬롯의 말대로, 만약에 거미가 그렇게나 많은 벌레를 잡아먹지 않는다면, 이 세상은 벌레들로 가득 차게 될지 모릅니다.

자연 안의 생명체들은 서로 다른 특성, 서로 다른 장단점을 가지고 공존합니다. 이 생명의 다양성을 인정하는 것이야말로 우리가 생존하는 길이겠지요. 윌버가 너무도 끔찍하고 무섭게 여겼던 거미 샬롯을 이해하고 친구로 받아들임으로써 생존할 수 있었던 것처럼요.

"쥐한테는 친절한 말이라고는 한마디도 없다고": 모두가 소중해

윌버는 주커만 씨 농장에서 여러 동물을 만납니다. 암거위, 수거위, 수탉, 젖소, 양 그리고 쥐. 템플턴은 오로지 먹을 것에만 관심 있는 이기적이고 탐욕스러운 쥐입니다. 템플턴을 움직이는 건 오로지 먹을 것입니다. 템플턴은 늘 거래로 자기 이익을 얻고 나서야 남의 부탁을 들어줍니다. 그리고 이런 성격은 소설 내내 변하지 않지요. 품평회장에서 샬롯이 알을 낳고 죽어 가는 슬픈 순간에도 마찬가지입니다. 템플턴은 앞으로 평생 음식을 먼저 먹게 해 주겠다는 윌버의 약속을 받아 내고서야 비로소 천장에 있는 샬롯의 알주머니를 내려 옵니다.

템플턴은 문학 작품에서 많이 볼 수 있는 '코믹 릴리프(comic relief)'입니다. 코믹 릴리프란, 심각하거나 비극적인 요소를 가진 희곡에 삽입하여 긴장을 일시적으로 풀기 위한 희극적 장면, 사건, 혹은 인물을 말합니다. 세련되고 유식하며 친구를 위해 기꺼이 자신을 희생하는 위대한 면모를 지닌 샬롯과 대비되는 코믹 릴리프가 이기적이고 탐욕스러운 템플턴입니다.

하지만 템플턴은 긴장을 잠시 풀어 주는 코믹 릴리프 이상의 역할을 합니다. 결정적인 순간에 도움을 주어 문제를 해결하곤 하죠. 펀의 말썽꾸러기 오빠 에이브리가 주커만 씨 헛간에서 샬롯을 잡으려 했을 때, 템플턴이 숨겨 놓은 곯은 거위알이 없었다면 샬롯은 에이브리에게 잡혀 죽었을 것입니다. 샬롯에게 잡지를 가져다주어 멋진 글자들을 거미줄에 새기도록 도와준 것도 템플턴입니다. 또 품평회 시상식에서 윌버가 기절했을 때 템플턴이 윌버의 꼬리를 깨물어 깨우지 않았다면 윌버는 특별상을 타지 못했을 것입니다. 샬롯이 필생의 역작으로 짜 놓은 알주머니를 꺼낸 것도 바로 템플턴입니다.

무엇보다 템플턴이 없었다면 윌버를 살리려는 샬롯의 노력은 성공하지 못했을 겁니다. 윌버를 살린 샬롯의 거미줄에는 템플턴의 공도 적지 않게 들어 있습니다. 하지만 템플턴이 불평하듯이, 그는 늘 경멸의 대상입니다. 빨리 샬롯의 알주머니를 꺼내 달라는 윌버의 간청에 템플턴은 이렇게 대답합니다.

"'서둘러, 템플턴'이라고?" 그는 말했다. "허허. 내가 이렇게 봉사하면 어떤 감사를 받을까 궁금하네? 템플턴한테는 친절한 말이라곤 한마디도 없고, 돌아오는 거라곤 그저 모욕과 비꼬는 말과 옆에서 수군거리는 말들뿐이지. 쥐한테는 친절한 말이라곤 한마디도 없다고."

"So, it's 'Hurry up, Tmepleton,' is it?" he said, "Ho, ho. And what thanks do I ever get for these services, I would like to know? Never a kind word for old Templeton, only abuse and wisecracks and side remarks. Never a kind word for a rat."

작가는 왜 이기적이고 탐욕스럽고 뻔뻔한 템플턴에게 문제가 있을 때마다 이를 해결하는 중요한 역할을 부여했을까요? 템플턴의 불평처럼 우리는 템플턴을 혐오스럽고 경멸스러운 존재로만 인식할 뿐, 그가 해낸 중요한 역할에 대해서는 무시하고 있는지 모릅니다. 그의 탐욕과 이기심은 생존을 위한 수단일 뿐입니다. 사실 템플턴은 탐욕스럽지만 사악하지는 않습니다. 거래를 하면 자신이 해야 할 일은 꼭 하고, 자신의 이익을 위해 남을 해치지도 않죠. 이런 템플턴을 통해, 화이트는 탐욕은 단지 배격해야 할 혐오스러운 것만이 아니라, 세계의 한 부분으로 우리가 인정하고 포용해야 할 가치라는 말을 하고 있는 것은 아닐까요?

우리는 대개 탐욕과 이기심을 배척하고 배제해야 할 것으로 여깁니다. 하지만 생명은 탐욕 없이는 생존하기 어렵습니다. 음식을 먹어야 생존할 수 있는 모든 생명체는 탐욕을 가지고 태어납니다. 귀여운 새끼 동물들이 한배에서 태어난 형제들과 다투며 어미젖을 빨고 먹이를 먹는 걸 봐도 알 수 있습니다. 물론 동물이 아닌 인간으로서, 그리고 어른으로 성장해 나가면서, 우리는 탐욕과 이기심을 누르고 다른 생명을 존중하고 배려하며, 때로는 손해 보거나 희생하면서 가치 있는 일을 하기 위해 노력합니다.

그렇다 하더라도 우리 안에 있는 탐욕과 이기심을 나쁜 것으로 치부해 버리기보다는, 그것의 가치, 즉 생명체의 기본적인 생존을 가능케 하는 그 가치를 인정하면서 더 큰 사랑으로 나아갈 길을 찾는 게 옳다고 작가는 말하는 듯합니다. 탐욕스럽지만 정말 위급할 때 친구를 돕던 템플턴처럼 말이죠.

"내가 눈부시게 느껴져": 아름다운 말로 너를 규정해 봐

윌버를 구하기 위해 샬롯이 생각해 낸 방법은 거미줄에 윌버를 가리키는 아름다운 단어를 새겨 넣는 것이었습니다. 샬롯은 주커만 씨의 헛간에 "대단한 돼지(SOME PIG)", "근사해(TERRIFIC)", "눈부신(RADIANT)"이라는 글자를 거미줄에 새겨 넣었고, 품평회에서는 "겸손한(HUMBLE)"이라는 단어를 새겨 넣습니다. 샬롯이 예측한 대로, 문자로 된 건 뭐든 믿는 사람들은 몹시 놀라며 윌버를 신이 내린 불가사의한 계시이며 감히 햄으로 만들어 먹을 수 없는 돼지로 여기게 됩니다.

월버를 살리기 위한 샬롯의 노력은 단지 사람들을 놀라게 하는 데서 그치지 않습니다. 샬롯의 거미줄의 진정한 의미는 바로 월버를 변화시키는 힘입니다. 샬롯이 거미줄에 멋진 글자를 새겨 넣을 때마다, 월버는 그렇게 멋진 돼지가 되려고 노력합니다.

샬롯의 거미줄에 '대단한 돼지'라고 씌었을 때 윌버는 대단한 돼지처럼 보이려고 열심히 노력했었다. 샬롯의 거미줄에 '근사해'라고 씌었을 때는 근사하게 보이려고 노력했었다. 이제 그 거미줄에 '눈부신'이라고 씌어 있으므로 윌버는 빛나게 보이려고 할 수 있는 일은 다 했다.

눈부시게 보이기는 쉬운 일이 아니다. 그러나 윌버는 의지를 가지고 거기에 몰두했다. 윌버는 고개를 약간 돌리고 기다란 속눈썹을 깜박였다. 그런 다음 깊게 숨을 쉬곤 했다. 그리고 구경꾼들이 지루해할 즘이면 공중으로 껑충 뛰어올라 몸통을 반쯤 비틀면서 뒤로 공중제비를 넘었다. 이 모습을 보고 사람들은 환호하며 박수를 보내곤 했다.

When Charlotte's web said SOME PIG, Wilbur had tried hard to look like some pig. When Charlotte's web said TERRIFIC, Wilbur had tried to look terrific. And now that the web said RADIANT, he did everything possible to make himself glow.

It is not easy to look radiant, but Wilbur threw himself into it with a will. He would turn his head slightly and blink his long eye-lashes. Then he would breathe deeply. And when the audience grew bored, he would spring into the air and do a back flip with a half twist. At this the crowd would yell and cheer.

공중제비를 넘는 윌버의 모습을 상상해 보세요! 샬롯이 거미줄 안에 단어들을 짜 놓은 것도 놀랍지만, 사람들을 정말 감탄시킨 것은 그 단어들대로 근사하고 눈부시게 보이려 속눈썹을 깜박이고 멋지게 공중제비를 넘는 돼지 윌버의 모습입니다. 윌버는 샬롯이 거미줄로 짜 놓은 단어들처럼 대단하고 근사하고 눈부신 돼지가 되려 노력합니다. 샬롯의 거미줄이 특별한 이유는 이렇게 평범한 돼지 윌버를 특별한 돼지가 되도록 노력하게 했다는 점입니다.

샬롯의 거미줄 덕에 사람들 또한 윌버를 특별한 돼지로 보게 됩니다. 주커만 씨는 일꾼 러비에게 돼지를 함부로 대하지 말라고 말합니다. 윌버를 품평회에 싣고 갈 초록 수레를 금장으로 장식하기도 합니다. 주커만 부인은 윌버에게 버터우유 목욕을 시키며 소중히 여깁니다. 이렇듯 샬롯이 거미줄에 새긴 단어들은 윌버를 변화시키고, 사람들을 변화시키고, 마침내 윌버를 구해 냅니다.

언어에는 마술적 힘이 있습니다. 우리가 사물을 어떤 말로 형용하느냐는 그 사물의 정체성을 결정하는 중요한 요소가 됩니다. 아름다운 언어로 윌버를 규정한 샬롯은 윌버의 "진정한 친구이자 좋은 작가(both a true friend and a good writer)"였습니다. 여러분은 자신을 어떻게 표현하고 싶은가요? 가족, 혹은 친구들은 어떤 단어들로 표현하고 싶은가요? 여러분 자신에게 멋진 형용사를 붙여 보세요. 그리고 가족, 친구들에게도 멋진 단어를 붙여 보세요. 샬롯이 윌버에게 했던 것처럼요. 언제 햄이 될지 몰라 두려움에 떨던 돼지가 공중제비를 넘는 멋진 돼지가 된 것처럼, 멋지고 근사하고 눈부시게 아름다운 '나'로 변해 가는 모습을 보게 될지 모릅니다.

4

이야기의 힘

에린 엔트라다 켈리의 『안녕, 우주』

에린 엔트라다 켈리(Erin Entrada Kelly)는 1977년 미국 루이지애나주에서 필리핀계 미국인의 딸로 태어났습니다. 작가가 되기 전에는 저널리스트와 잡지 편집자로 일했습니다. 2018년 『안녕, 우주(Hello, Universe)』로 뉴베리 대상을 수상하고, 2021년에는 『우리는 우주를 꿈꾼다(We Dream of Space)』로 뉴베리 아너상을 수상했습니다. 그 밖에도 『먼바다의 라라니(Lalani of the Distant Sea)』, 『잊혀진 소녀들의 땅(The Land of Forgotten Girls)』, 『검은 새의 비행(Blackbird Fly)』 등을 썼으며, 수많은 작품이 《뉴욕타임스》, 뉴욕공립도서관, 혼 북(The Horn Book), 북리스트(Booklist), 북페이지(BookPage) 등의 베스트셀러 목록에 올랐습니다.

『안녕, 우주』는 2017년에 출간되어 뉴베리 대상을 수상하고 《뉴욕타임스》 베스트셀러에 오른 소설입니다. 버질, 발렌시아, 카오리, 그리고 쳇, 이 네 아이들의 관점에서 이야기가 서술됩니다. 쳇에게 괴롭힘을 당하던 버질이 우물에 빠졌다가 나오는 것이 중심 사건이지만, 그 안에 우주만큼 큰 이야기를 담고 있습니다.

이제 6학년을 마친 버질 살리나스(Virgil Salinas)는 앞으로 남은 중학교 생활을 어찌 보낼지 까마득하기만 합니다. 마치 결코 넘을 수 없는, 점점 더 높아지고 두꺼워지는 허들 앞에 놓인 것만 같습니다. 반에서 가장 작고 몸이 약한 데다 수줍음이 많은 버질은 아직 구구단도 외우지 못합니다. 게다가 쳇 불런스(Chet Bullens)라는 아이에게 괴롭힘을 당하고 있습니다. 한동네에 사는 쳇은 길에서 만나기만 하면 '저능아'라 부르며 버질을 괴롭히지요. 버질은 가족에게도 이해받지 못합니다. 버질의 쌍둥이 형들은 버질과 달리 근육질에 키도 크고 활달합니다. 버질은 가족이 자신을 '거북이'라고 부르는 게 싫지만, 부모님은 버질이 그 별명을 싫어하는 것조차 모를 만큼 무심합니다. 버질은 가끔 자신이 형들을 만들고 남은 재료로 만들어지지 않았나 생각합니다. 버질에게 힘이 되어 주는 건 손주들 가운데 버질을 가장 사랑해 주시는 할머니와 애완 기니피그 걸리버뿐입니다.

그런데 버질에게 더 괴로운 문제가 생겼습니다. 아무에게도 말 못할 비밀이자, 스스로 "대실패(Grand Failure)"라고 자책하게 만든 문제이지요. 그것은 목요일 보충학습 반에서 같이 공부하는 발렌시아 서머싯(Valencia Somerset)에게 말을 붙여 보고 싶은데 용기가 없어 6학년이 끝나도록 '안녕'이라는 말조차 건네지 못했다는 것입니다. 버질은 답답한 마음에 "특별한 도움"을 찾아 자칭 점성술사 카오리(Kaori)를 찾아갑니다.

『안녕, 우주』는 발렌시아에게 말을 건넬 용기가 없는 버질의 고민에서 시작해서, 마침내 발렌시아에게 보내는 버질의 '안녕(Hello)'이라는 문자메시지로 끝을 맺습니다. 이 소설은 이성에 관심을 두기 시작하는 십 대 청소년의 고민을 엉뚱하고 귀여운 인물들을 통해 풀어 나갑니다. 책을 읽다 보면, 점성술사를 자처하는 열두 살 소녀 카오리와 동생 겐의 엉뚱함과, 사실 알고 보면 겁쟁이인 악당 쳇 불런스의 모습에 웃음이 터집니다. 그래서 이 소설에는 '유머러스하다'는 평이 빠지지 않습니다.

사건을 중심으로 보면, 『안녕, 우주』는 아주 작은 변화만을 보여줄 뿐입니다. 버질이 발렌시아에게 긴 망설임 끝에 고작 '안녕'이라는 문자메시지를 보내는 것으로 끝나니까요. 하지만 소설의 중심부에는 주인공 버질이 깊고 어두운 우물 안에서 두려움과 맞서 싸우며 자신의 정체성을 새로이 세워 나가는 큰 이야기가 담겨 있습니다. 우물 안에서 버질은 가족이나 친구들이 부르듯이 '거북이'나 '저능아'가 아니라, 어둠에 용감하게 맞서 싸우는 "바야니(Bayani)," 즉 영웅이자 "태양신의 전사(son god of warrior)"로 자신을 규정합니다.

눈길을 끄는 점은 버질이 '전사'로 자신의 정체성을 형성해 나가는 과정이 바로 할머니가 해 주시는 이야기로 만들어졌다는 점입니다. 필리핀에서 오신 할머니는 버질에게 지난 밤 꿈 이야기며, 자신이 살던 필리핀 마을에서 일어난 일, 필리핀의 전래 이야기 등을 들려줍니다. 할머니의 이야기는 버질이 우물에 뛰어들 것을 암시하고, 우물 안에서 버질이 두려움을 이겨 낼 수 있도록 말동무가 되어 주며, 마침내 버질이 자신의 새로운 이야기, 새로운 자아를 만들어 낼 수 있도록 힘을 줍니다. 작가 에린 엔트라다 켈리가 버질의 할머니를 통해 전해 주는 필리핀 전래 이야기들은 필리핀계 미국인으로서 작가의 정체성과 경험을 반영한 것이라 할 수 있습니다.

뛰어듦과 잡아먹힘:
'바위 소년'과 '슬픈 왕 페데리코', 그리고 '아마도'

6학년을 끝내고 시무룩하게 집에 돌아온 버질에게 할머니는 두 가지 이야기를 들려줍니다. '바위 소년(Stone boy)' 이야기와 '슬픈 왕 페데리코(Frederico the Sorrowful)'의 이야기이지요. 바위 소년은 할머니가 근래 되풀이하여 꾸는 꿈에 나오는 소년입니다. 버질과 그리 다르지 않은 수줍은 바위 소년은 지독한 외로움에 떨다가 숲으로 걸어가 바위에게 자신을 먹어 달라고 애원합니다. 바위는 입을 벌려 주고, 바위 소년은 그 안으로 뛰어 들어갑니다.

할머니가 해 주신 또 하나의 이야기는 슬픈 왕 페데리코에 관한 것입니다. 엄밀히 말해 필리핀 전래 이야기는 아니지만, 필리핀 문화의 정서를 담고 있지요. 어린 페데리코 왕은 항상 슬펐지만, 자신의 슬픔을 누구에게도 말하지 않습니다. 자신이 강한 왕으로 여겨지기를 바랐기 때문이지요. 그러다가 더는 슬픔을 감출 수 없게 되자 분수처럼 눈물을 쏟아 냅니다. 눈물은 홍수가 되어 온 나라가 물에 잠기고, 섬들은 서로 멀리 떨어지게 됩니다. 어느 섬에 고립되어 있던 페데리코는 그만 악어에게 잡아먹힙니다.

바위 소년과 슬픈 왕 페데리코의 공통점은 둘 다 슬프고 외롭다는 점입니다. 하지만 다른 점도 있는데요, 외로움에 떨던 바위 소년이 바위에게 간청하여 스스로 바위 속으로 뛰어 들어간 반면, 페데리코는 섬에 고립되어 있다가 악어에게 잡아먹혔다는 점입니다. 바위 소년은 스스로 선택해 능동적인 행동을 합니다. 빨간 나무에 마음을 빼앗긴 소년 아마도(Armado)가 사람들이 말려도 나무 안으로 들어가기로 '결심'한 것과 같지요. 아마도가 나무한테 반했던 것처럼, 바위 소년은 바위를 좋아했는지도 모릅니다. 반면에 슬픈 왕 페데리코는 소통을 거부합니다. 바위든, 나무든, 그 누구에게도 마음을 열지 않고 억누르기만 했던 페데리코의 슬픔은 마침내 홍수처럼 터져서, 나라는 각기 섬으로 고립되고, 페데리코도 섬에 고립되었다가 악어에게 잡아먹히고 만 거죠.

바위 소년과 페데리코, 그리고 아마도가 각각 바위, 악어, 나무에게 먹히는 장면은 '뛰어듦'과 '잡아먹힘'의 차이를 잘 보여 줍니다.

버질과 그리 다르지 않은 수줍음 많은 한 소년이 숲속으로 걸어 들어가 바위에게 자기를 먹어 달라고 애원한다. 가장 커다란 바위가 자갈투성이 입을 벌리자, 소년은 그 안으로 뛰어들어 다시는 나타나지 않는다.

a shy boy—not unlike Virgil—gets terribly lonely, takes a walk in the forest, and begs a rock to eat him. The biggest stone opens its gravelly mouth and the boy jumps inside, never to be seen again.

한 섬에 홀로 갇힌 슬픈 페데리코는 결국 악어에게 잡아먹히고 말았다.

[Frederico the Sorrowful] wound up trapped on an island all alone until a crocodile came and ate him.

아마도는 그 나무에 너무 매혹된 나머지, 그 나무로 걸어가기로 결심했다. 모두가 말리는데도 아랑곳하지 않고.

[Armado] was so mesmerized by this tree that he decided to walk to it, even though everyone told him not to.

바위 소년과 슬픈 왕 페데리코, 그리고 아마도는 모두 무언가의 속으로 들어간다는 점에서 버질이 우물 안으로 들어가는 것의 전조(foreshadowing)임을 알 수 있습니다. 능동적으로 뛰어드는가, 아니면 울다 잡아먹히는가만 다를 뿐이죠.

능동적으로 뛰어든다는 것은 사랑하는 대상을 위해 자신을 희생하고 바치는 행위입니다. 사랑하는 걸리버를 위해 기꺼이 우물 안으로 뛰어든 버질의 행동이 그러합니다. 진정한 용감함의 본질은 사랑하는 대상을 위해 자신을 바치는 것입니다. 사랑과 헌신이 없는 용감함은 만용일 뿐이지요. 친구들에게 뽐내기 위해, 뱀을 잡겠다고 베갯잇을 흔들어 대는 쳇 불런스의 행위가 그 예입니다. 이런 점에서 사랑하는 애완 기니피그 걸리버를 위해 위험을 무릅쓰고 우물 안으로 뛰어든 버질은 처음부터 '바야니,' '태양신의 전사'가 될 자질을 갖추고 있었다고 볼 수 있습니다.

눈을 떠, 그게 답이야: '파'와 '루비 산 살바도르'

할머니의 꿈속 바위 소년처럼 버질은 숲으로 걸어 들어가 돌로 된 우물 안으로 뛰어듭니다. 쳇이 우물에 던져 버린 걸리버를 구하기 위해서 말입니다. 잠시 후, 숲을 지나던 발렌시아는 우물 뚜껑이 열린 것을 보고, 숲속 동물들이 다칠까 봐 우물 뚜껑을 덮어 버립니다.

한 줄기 빛이 들어오던 우물 입구마저 뚜껑으로 덮이자, 버질은 완전한 어둠 속에서 숨조차 쉴 수 없는 두려움에 떨게 됩니다. 그런 버질에게 퍼덕이는 새의 날갯짓 소리가 들립니다. 할머니가 얘기해 주신 발라타마(Balatama)섬의 거대한 새 "파(Pah)"가 버질에게 나타난 것입니다. 할머니는 버질에게 7천 가지가 넘는 섬들의 이야기를 속속들이 들려주셨습니다. 파는 코끼리만큼 거대한 날개와 칼같이 날카로운 발톱을 지닌 새입니다. 탐욕에 눈이 먼 발라타마섬 사람들은 산짐승의 땅을 계속 빼앗다가, 파의 숲까지도 베어 냈습니다. 분노한 파는 점점 더 커져서, 마침내 거대한 날개를 활짝 펴서 태양을 가려 버렸습니다. 사람들은 어둠에 갇혀 어쩔 줄 몰라 하며 두려워했고, 파는 그런 사람들을 집어삼켰습니다. 파는 어둠을 조종해 무기로 삼는 괴물이 되었습니다. 두려움에 눈을 감고 보지 않으려 할수록, 파는 더 큰 힘으로 인간을 짓누릅니다. "안 돼, 볼 수 없어, 보지 않을 거야." 버질이 거부하고 웅크릴수록 파가 우물 안 전체를 모두 뒤덮고 채우는 것만 같습니다.

어둠의 괴물 새 파는 인간이 느끼는 두려움입니다. 파는 우리가 겁먹을수록 커지지만, 실체가 없습니다. 우리가 눈을 뜨면 이내 사라져 버리죠. 버질이 눈을 뜨자 파가 곧 사라져 버린 것처럼요.

"눈을 떠. 그게 답이야(Open your eyes, That's the solution)."

두려움을 대하는 법을 알려 준 이는 바로 루비 산 살바도르(Ruby san Salvador)라는 소녀였습니다. 루비는 할머니가 살던 마을의 소녀입니다. 일곱 자매가 있던 루비는 마을에서 유일하게 타고난 운명을 점칠 수 없는 소녀였습니다. 누구도 루비의 운명을 알 수 없었지요.

루비는 자신의 운명을 알고 싶어 온 마을 사람에게 물었지만, 아무도 대답할 수 없었습니다. 루비는 결국 자신의 운명을 알아내려 마을을 떠납니다. 그 루비가 우물 안에 갇힌 버질에게 나타난 겁니다. 우물에 빠진 버질에게 나타난 루비는 자신의 운명이 바로 "곤경에 빠진 사람을 돕는 것"이라고 말합니다.

파처럼 루비도 눈에 보이지 않는 존재입니다. 버질은 다만 우물 안의 공간에서 루비의 말을 들을 수 있을 뿐입니다. 게다가 루비는 버질의 생각을 이미 알고 있습니다. 버질이 생각한 것에 대답해 주거든요. 이런 점에서 루비도 파처럼 버질의 내면에 있는 존재입니다. 파가 버질의 내면에 있는 두려움을 상징한다면, 루비는 버질의 내면에 있는 용기와 지혜를 상징합니다.

"이 세상에 희망이 없는 것은 없어(Nothing is ever hopeless)." "절대 포기하면 안 돼(You can't just give up)." "가망이 없어라는 말은 절대 하지 마(Never say, "there's no chance")."

버질이 약해질 때마다, 루비는 버질을 격려하며 두려움과 좌절을 이겨 내도록 힘을 줍니다. 루비는 버질에게 내면의 목소리에 귀 기울이도록 이끌고, 또한 소리를 질러 도움을 요청하도록 격려합니다. 버질을 '바야니,' 즉 영웅이라고 부르며, 거북이나 저능아가 아니라 용맹한 전사로서 정체성을 찾도록 돕는 이도 루비입니다. 루비는 할머니가 이야기를 통해 버질의 내면에 만들어 놓은 지혜롭고 강인한 힘입니다. 평소 할머니의 이야기를 들으며 버질의 내면에 쌓여 있던 강인한 자아의 한 면이 우물에 갇힌 위급한 상황에서 튀어나왔다고 볼 수 있습니다.

작지만 큰 영웅: 태양신의 전사, 그리고 파울리토

우물 안에서 할머니의 이야기를 떠올리기만 하던 버질은 마침내 스스로 이야기를 만들어 가는 모습을 보여 줍니다. "너 자신의 생각에 집중하라"는 루비의 말을 들은 버질은 발리섬을 생각합니다. 발리는 버질의 부모님이 가고 싶어 하는 곳입니다. 버질은 발리섬이 어떤 곳일지 상상합니다. 그곳은 늘 해가 지지 않아 전체가 빛으로 뒤덮인 태양신의 영토였으며, 버질처럼 껍데기 안에 숨어 사는 사람도 눈총을 받지 않는 곳입니다. 발리를 지배하는 태양신의 유일한 적은 "백 명의 암흑의 군주들"입니다. 땅의 중심부로 추방당한 그들은 오천 년 동안 잠들어 있습니다. 이 암흑의 군주들이 지하에서 깨어나 발리섬을 공격할 때, 그들을 물리칠 전사가 바로 '태양신의 전사'입니다. 이 이야기는 할머니에게서 들은 이야기가 아닙니다. 버질 스스로 생각해 낸 이야기죠. 루비는 말합니다.

"그게 너야, 바야니! 네가 바로 태양신의 전사야."

버질은 태양신과 암흑의 군주들 이야기를 만들어 내고, 태양신의 전사 이야기를 통해 자신의 정체성을 만들어 갑니다.

하지만 약하고 소심한 버질에게 태양신의 전사는 어울리지 않는 것 같습니다. 버질은 한숨을 내쉬지만, 곧 다른 영웅을 생각해 냅니다. 바로 할머니가 말씀해 주신 파울리토(Paulito) 이야기입니다. 파울리토는 키가 3센티미터밖에 되지 않는 콩알만 한 남자입니다. 파울리토는 왕이 되고 싶어 합니다. 사소한 일로 걸핏하면 싸움만 하는 사람들을 화해시키고 평화롭게 살게 하고 싶었기 때문입니다. 하지만 왕이 되고 싶어 하는 파울리토를 모두 비웃습니다. 사람들이 싸움을 계속하는 동안, 파울리토는 바닷가에서 모래를 한 움큼씩 퍼와서 요새를 지었습니다. 어느 날, 거대한 배들이 몰려와 섬을 침공했습니다. 하지만 파울리토가 한 움큼씩 퍼 온 모래로 지은 요새 덕분에 그들은 공격을 포기하고 돌아갔습니다. 서로 싸움만 하던 사람들은 자신들을 지켜 준 파울리토를 섬의 왕으로 떠받들었습니다. 고작 3센티미터밖에 안 되는 파울리토가 영웅이자 왕이 된 것이지요.

파울리토 이야기는 영웅에 대한 새로운 개념을 말하고 있습니다. 건장한 체격과 싸움 실력이 아니라, 작고 평범한 사람도 성실함으로 영웅이 될 수 있다는 것입니다. 작고 약한 버질도 파울리토처럼 꾸준하고 성실하게 일을 해 나가면 영웅이 될 수 있는 거죠. 할머니가 그립고, 우물 안에 갇힌 게 겁이 나서 울먹거리면서도, 버질은 아주 오래전에 할머니가 해 주신 파울리토의 이야기를 기억해 냅니다.

버질은 스스로 만들어 낸 태양신의 전사 이야기와 할머니께 들은 작고 평범한 영웅 파울리토 이야기를 루비에게 들려주면서 조금씩 자신의 정체성을 다시 만들어 갑니다. 암흑의 군주들에게 맞서던 태양신의 전사이자, 작고 약하지만 성실하게 노력하여 사람들을 구한 파울리토 같은 모습으로 말입니다.

"나는 안 돼"라며 스스로를 비하하던 버질이 이렇게 자신의 정체성을 재규정할 수 있었던 것은 바로 자신의 내면의 목소리에 귀를 기울였기 때문입니다. 버질의 내면에는 지혜와 용기를 주는 할머니의 이야기가 가득 차 있었거든요. 이야기는 힘을 가지고 있습니다. 우물 안에서 너무 고통스럽고 절망적이어서 모든 것을 포기하고 싶었을 때, 버질에게 힘이 된 건 바로 이야기였습니다. 루비는 버질이 절대 포기하지 않을 거라고 말합니다.

"네 이야기 속의 주인공은 포기하지 않았으니까."

발렌시아: 말라야와 루비, 그리고 우주

버질을 '대실패'로 이끈 건 발렌시아입니다. 학기 내내 발렌시아에게 '안녕'이라는 말 한마디를 못 건네고 끝나 버린 것이지요. 발렌시아는 듣지 못합니다. 보청기를 끼고 있어야 하지요. 발렌시아는 똑똑하고 자존심이 강한 소녀입니다. 어머니의 지나친 보호를 거부하고 독립적으로 행동하기를 원합니다. 그리고 자연을 사랑합니다. 시간만 나면 숲으로 가서 자연과 교감합니다. '용기' 혹은 '힘'을 뜻하는 발렌시아라는 이름에 걸맞게 용감하고 전투적입니다. "내 이름은 사람들을 전투로 이끌 수 있다"고 발렌시아는 말합니다. 쳇 불런스의 괴롭힘에 위축되는 다른 아이들과 달리, 발렌시아는 자신의 장애를 두고 놀리는 쳇에게 멍청이라 말하며 당당히 맞섭니다. 그래서 첫도 발렌시아는 두려워하지요.

소심하고 겁 많은 버질 살리나스와 두려움 없고 용감한 발렌시아 서머싯. 서로 아주 다른 이 둘을 묶는 어떤 '운명' 같은 것이 있는 것 같습니다. 자칭 점성술사 카오리의 말처럼요. 우선 이 둘은 이름의 이니셜이 V. S.로 같습니다. 그리고 버질과 발렌시아는 애완 기니피그를 키웠는데, 공교롭게도 그 이름이 각각 '걸리버'와 걸리버가 표류한 소인국 이름인 '릴리펏'입니다.

수퍼 세이버에서 그렇게나 말을 건네고 싶었던 발렌시아를 본 순간, 버질은 이것이 우연이 아니라 운명이라고 느낍니다. 발렌시아를 본 순간 버질은 할머니가 이야기해 주신 필리핀 소녀 말라야를 생각합니다. 말라야는 굶주림에 시달리는 마을에 들어가 마을 사람들에게 음식을 마음껏 먹게 해 준 용감한 소녀입니다. 마을에는 맛난 과일과 채소가 있지만 강에 사는 포악한 악어 탓에 마을 사람들은 굶주림에 시달리고 있었지요. 두려움에 떠는 사람들에게 말라야는 음식을 해서 먹입니다. 악어가 나타나 누가 음식을 먹었냐며 위협하자, 말라야는 용감하게 나서서 크게 입을 벌린 악어의 목구멍에 불타는 나무 막대기를 쑤셔 넣어 죽입니다. 발렌시아처럼 말라야는 두려움이 없습니다. 악어를 물리치는 말라야는 쳇 불런스에 맞서는 발렌시아의 모습을 떠올리게 합니다.

발렌시아는 또한 루비와도 닮았습니다. 루비가 버질이 우물 속에서 견딜 수 있게 도와주었다면, 발렌시아는 버질이 우물 안에서 새로 태어나 다시 세상 밖으로 나오는 데 큰 역할을 합니다. 발렌시아는 우물의 뚜껑을 닫아 버려 버질을 완전한 어둠 속에 있게 합니다. 그곳에서 버질은 두려움에 맞서 싸워 새로 태어납니다. 그뿐만 아니라, 똑똑한 발렌시아는 버질이 우물에 있다는 것을 알아차리고, 카오리와 함께 버질을 구하러 갑니다. 우물로 내려가 버질에게 줄넘기를 건네준 것도 발렌시아입니다. 버질은 그 줄넘기를 잡고 무사히 우물 밖으로 나올 수 있었습니다.

루비와 발렌시아는 모두 눈으로 듣는 존재들입니다. "나는 보는 것으로 들어(I hear by seeing)"라고 말하는 루비와 "나는 눈으로 들어(I hear with my eyes)"라고 말하는 발렌시아는 무척이나 닮았지요. 소설의 서두에서부터 발렌시아는 우주적 배경 속에 등장하는 점이 흥미롭습니다. 발렌시아가 매일 밤 시달리는 악몽은 광활한 대지에서 일식을 보는 꿈입니다. 발렌시아는 악몽 속 자신을 "악몽 나(Nightmare Me)"로 표현합니다. 이 '악몽 나'는 들판에서 흰자위가 없이 검은 눈동자만을 가진 수많은 군중에 둘러싸여 있습니다. 푸른 드레스를 입은 소녀의 손짓을 따라 태양이 달에 가려지는 일식을 구경합니다. 하지만 어느새 '악몽 나'는 하늘로 올라가 지상을 내려다봅니다.

> 어찌 되었든, '악몽 나'는 상황이 제대로 끝나지 않을 것이라는 걸 안다. 달이 태양을 다 지나가자마자, 피가 귀로 몰리고 손바닥이 땀으로 축축하다. 나는 하늘에서 내려다본다 — 천천히, 천천히, 보고 싶지 않지만 — 그리고 내가 짐작한 대로, 모든 이가 사라져 버렸다. 그 많던 군중들이. 드레스를 입은 소녀마저도. 아무것도 움직이

지 않는다. 풀잎 하나조차 까닥하지 않는다. 들판이 수 마일이나 끝없이 펼쳐져 있다. 달이 모든 사람을 끌고 가 버렸다. '악몽 나'만 빼고 모두를.

Somehow Nightmare Me knows things won't end well. As soon as the moon finishes passing the sun, my blood rushes into my ears and my palms dampen with sweat. I look down from the sky — slowly, slowly, not wanting to see — and just as I suspected, everyone is gone. The whole crowd. Even the girl in the dress. Nothing moves. Not one single blade of grass. The field stretches on for miles and miles. The moon has pulled everyone away. All but Nightmare Me.

'악몽 나'가 지상에서 하늘로 올라가면서, 발렌시아 '악몽 나'는 하늘에서 지상을 내려다보는 우주적 존재가 됩니다. 발렌시아의 '악몽 나'는 우물 속 버질의 모습과 여러 면에서 연결되어 있습니다. 태양이 달에 가려져 세상이 어두워지는 일식은 버질이 있는 우물에 뚜껑이 덮이는 것과 유사합니다. 빛이 들어오던 우물의 둥근 입구를 우물 뚜껑이 덮는 모습이지요. 발렌시아의 '악몽 나'가 일식을 보며 느낀 절대적 고독은 우물 안 어둠에서 버질이 느낀 절대적 고독과 닮았습니다. 이런 여러 설정들 때문에 글을 읽는 독자는 버질과 발렌시아가 운명적으로 묶여 있다는 느낌을 강하게 받습니다. '안녕, 우주'라는 제목은 상징적입니다. 버질이 발렌시아에게, 그리고 우물 안에서 세상 사람들에게 외치는 "헬로"는 우주를 향한 외침이기도 합니다.

"헬로!", 한마디 말로 모든 게 달라질 수 있어

버질이 우물 안에서 자신을 어둠에 맞서 싸우는 태양신의 전사라고 생각한다고 해서, 금세 우물 밖으로 나가고 영웅으로 변하는 것은 물론 아닙니다. 버질은 자신이 비록 작고 약하지만 파울리토처럼 성실로 사람들을 구하는 영웅이 될 수 있다고 생각합니다. 하지만 가슴속에 남은 슬픔과 외로움, 두려움은 한순간에 사라지지 않습니다. 엄청난 슬픔이 밀려와 페데리코처럼 홍수 같은 눈물을 쏟아 내고, 과연 자신이 우물 밖으로 나갈 수 있을까 좌절하는 시간이 있었습니다. 변화는 행동에서 일어납니다. "헬로!" 그만 포기하고 자고 싶은 마음을 뒤로하고, 버질은 목소리가 나오지 않을 때까지 온 힘을 다해 외치고 또 외칩니다.

'Hello'는 '안녕'이라는 인사를 의미하지만, 이 작품에서 버질이 말하는 'Hello'는 문맥에 따라 '도와주세요!' '누구 없어요?' '여기요!' 등 다양한 뜻을 지닙니다. 친구나 가족에게조차 한 번도 소리쳐 본 적 없는 버질은 우물에 빠지고 나서야 큰 소리로 외칩니다. 그것은 세상에 자신의 존재를 알리는 최초의 외침이었습니다. 루비가 버질을 북돋아 끌어내려 한 것도 바로 이 외침이었습니다. 그 외침은 우물에서 구조되기 위한 것이지만, 또한 세상에 목소리를 내고 세상과 소통하려는 외침이기도 합니다. 우물은 상징적 장소입니다. 우물이라는 어둡고 폐쇄된 공간은 자신의 내면에 집중할 수 있는 공간이지만, 그렇다고 그곳에 계속 머물러서는 안 되죠. 언젠가 우리는 그곳을 벗어나 세상과 소통해야 합니다. 버질이 거북이라는 별명으로 불리지 않으려면, 거북이 등껍질에서 벗어나야 합니다. 우물, 혹은 거북이 등껍질에서 벗어나는 방법은 바로 세상에, 우주에 나의 메시지를 외치는 것입니다.

물론 어느 날 갑자기 멋진 메시지를 보낼 수 있는 건 아닙니다. 우물에서 빠져나온 버질이 망설임 끝에 발렌시아에게 보낸 메시지가 고작 '안녕!'이었던 것처럼요. 하지만 그 '안녕'이라는 한마디, 발렌시아에게, 그리고 어쩌면 우주에 보낸 그 메시지는 앞으로 많은 것이 변할 것이라고 기대하게 합니다. 여러분은 세상에, 친구들에게, 그리고 우주에 어떤 메시지를 보내고 싶은가요? 아주 작은 말이라도, 한번 건네 보세요. 루비의 말처럼 한마디 말로 모든 게 달라질 수 있으니까요.

5

인간의 존엄성을 위하여

루이스 로리의 『별을 헤아리며』

미국의 청소년 문학 작가인 **루이스 로리**(Lois Lowry)는 하와이주 호놀룰루에서 태어났습니다. 군의관(치과의사)이었던 아버지를 따라 어린 시절 이곳저곳을 옮겨 다니며 자랐습니다. 대표작으로 『별을 헤아리며(Number the Stars)』와 『기억 전달자(The Giver)』가 있습니다. 루이스 로리는 자기 작품을 관통하는 주제가 '인간관계의 중요성'이라고 밝힌 바 있습니다. 여기서 인간관계란 사교성이 아니라, 인간 존재의 근원에 있는 유대감을 말합니다. 그는 개인적 경험과 역사적 사실을 문학적 상상력으로 승화시켜 인간의 유대감이라는 주제를 심도 있게 발전시켜 나갑니다.

『별을 헤아리며』는 1989년에 출간되어, 1990년 뉴베리 대상과 미국 유대인 도서상을 수상했습니다. 전 세계 청소년 문학 베스트셀러 목록에 꾸준히 이름을 올리고 있는 이 작품은 루이스 로리의 어린 시절 친구인 안넬리세 플라트의 경험이 바탕이 되었습니다. 레지스탕스로 활약하다 나치에게 처형당한 킴 말테브룬 또한 등장인물의 모티브가 됩니다. 나치 점령하에 실제 있었던 잔인한 현실을 동화로 아우르며, 그 안에서 용기를 낸 소녀 안네마리의 이야기를 풀어 갑니다.

『별을 헤아리며』는 2차 세계대전 시기 나치에 점령당했던 덴마크의 코펜하겐을 배경으로 한 소설입니다. 루이스 로리는 열 살 소녀 안네마리(Annemarie Johansen)를 중심으로 유대인들의 탈출을 도왔던 덴마크인들의 이야기를 풀어 나갑니다. 2차 세계대전 때 나치에 의해 자행된 유대인 대학살, 홀로코스트는 『안네의 일기』를 비롯하여 각종 기록물과 소설, 영화 등에서 다루어져 왔습니다. 비단 유대인뿐만 아니라 모든 인간을 가장 비참한 상태로 몰아넣는 인간성 말살의 현장인 전쟁의 참상 속에서 인간의 존엄과 자유의 가치를 지키기 위해 용기 있게 행동한 인물들에 관한 이야기들은 많이 알려져 있습니다. 영화 『쉰들러 리스트』의 오스카 쉰들러나 『피아니스트』의 빌헬름 호젠펠트 등을 들 수 있습니다.

『별을 헤아리며』는 유대인 이웃, 혹은 친구들을 죽음의 위기에서 구하기 위해 위험을 무릅썼던 지극히 평범한 사람들의 이야기입니다. 안네마리와 그 부모는 이웃인 유대인 로센 씨 가족을 구하기 위해 기꺼이 나섭니다. 어부 헨리크 삼촌은 자신의 배를 내주며 유대인들을 스웨덴으로 이송시킵니다. 장난기 가득하던 붉은 머리 페테르 네일센은 갓 스무 살에 과묵한 레지스탕스가 됩니다.

힘이 없던 덴마크가 나치와 제대로 전쟁도 치르지 못하고 항복한 뒤 자국의 군함을 불태우는 방식으로 저항하던 시절입니다. 작가는 전쟁이라는 극단적 상황에서도 인간의 존엄을 드러내는 가치들, 예를 들어 용기, 상상력, 자긍심 등을 지켜 나가려 애쓰는 사람들의 모습을 생생하게 보여 줍니다.

전쟁을 포함하여 인간의 존엄성을 짓밟는 폭력에 맞서는 저항이 새삼스러운 일은 아닙니다. 억압과 폭력의 현장에서 저항을 결심하고 실행하기란 참으로 어렵지만, 나치에 맞서 싸웠던 당시의 수많은 기록을 읽다 보면 그 저항이 당연하고 무덤덤하게 느껴질 수도 있습니다. 그러나 숫자와 사실의 나열 속에서 어느 순간 문득, 치열하게 싸웠던 어떤 사람의 모습이 전율할 정도로 생생하게 다가오는 순간이 있습니다. 작가 루이스 로리가 이 소설을 쓰겠다고 결심한 계기도 바로 그러한 순간입니다.

나는 다른 많은 이들의 이야기를 읽듯이 여기저기 건너뛰며 그의 이야기를 읽었다. 이런 파업, 저런 전략, 이런 체포, 저런 도망 등등을. 그런 것들을 하도 많이 읽다 보니, 나중에는 용기조차도 당연하게 느껴졌다.

바로 그때, 전혀 준비되지 않은 상태에서 책장을 넘기다가 말테브룬의 사진과 맞닥뜨리게 되었다. 그는 목이 긴 스웨터를 입고 있었고, 숱 많은 밝은색 머리카락이 바람에 날리고 있었다. 그의 눈은 확고하게 나를 바라보고 있었다.

거기서 그렇게 너무나 앳된 그를 만나면서 나의 가슴은 무너져 내렸다. 그의 소년 같은 눈동자에 담겨 있는 조용한 결심을 바라보면서 나 역시 결심하게 되었다. 그의 이야기를, 그의 꿈을 나누어 가진 모든 덴마크 사람들의 이야기를 하자고.

I read his story as I had read many others, turning the pages, skimming here and there: this sabotage, that tactic, this capture, that escape. After a while even courage becomes routine to the reader.

Then, quite unprepared, I turned the page and faced a photograph of Kim Malthe-Brunn. He wore a turtleneck sweater, and his thick, light hair was windblown. His eyes looked out at me, unwavering on the page.

Seeing him there, so terribly young, broke my heart. But seeing the quiet determination in his boyish eyes made me determined, too, to tell his story, and that of the Danish people who shared his dreams.

작가가 본 사진 속 청년은 덴마크에서 레지스탕스로 활동하다가 나치에 의해 처형된 스물한 살 킴 말테브룬(Kim Malthe-Brunn)입니다. 작가는 사진 속 말테브룬에게서 사실의 나열을 넘어서는 한 인간의 삶의 진실을 보았을 것입니다. 말테브룬은 처형되기 며칠 전 남긴 편지에서 자신이 조국 덴마크와 모든 이들이 갈망하는 꿈을 위해 싸웠다고 말합니다. 그것은 바로 "인간의 존엄성이라는 꿈(the ideal of human decency)"입니다. 당시 덴마크인들이 어찌 보면 별 관계도 없는 유대인을 위해 목숨을 걸며 싸운 이유는 바로 인간의 존엄성이 지켜지는 세상을 만들기 위해서였습니다.

용기: "만약 모든 것을 알고 있었더라면, 그리 쉽게 용감해지지 못했을 것이다."

『별을 헤아리며』의 첫 번째 주제는 '용기'입니다. 인간의 존엄성을 지키며 폭력에 맞서는 것은 용기 없이는 불가능합니다. 이 소설에 '용기'라는 단어가 많이 등장하는 것도 그 때문입니다. 안네마리가 헨리크 삼촌과 용기에 대해 나누는 대화를 포함하여, 책에는 '용기'란 무엇일까를 진지하게 생각하는 장면이 곳곳에 등장합니다.

'용기'를 뜻하는 단어는 'brave'와 'courage'가 있습니다. 『별을 헤아리며』에서는 이 두 단어를 아래와 같은 방식으로 대비해 쓰기도 합니다.

"그리고 때때로 목숨을 잃기도 하는 용감한 레지스탕스 지도자들도 있지."

"And the courageous Resistance leaders, who sometimes lost their lives."

"안네마리야, 너는 얼마나 용감하니?"

"How brave are you, little Annemarie?"

"네가 모든 것을 다 알지 못한다면 용감해지는 것이 훨씬 쉬울 거야."

"It is much easier to be brave if you do not know everything."

"네가 아무것도 알지 못하면 더 쉽게 용감해지지."

"To be brave came more easily if you knew nothing."

위 문장들을 보면, 레지스탕스 지도자에 대해서는 'courageous'라는 표현을 쓰면서 안네마리의 용기에 대해서는 'brave'를 쓴다는 것을 알 수 있습니다. 'courage'와 'brave'는 각기 다른 라틴어 어원에서 출발합니다. 'brave'는 '야만의(savage)'를 의미하는 라틴어 'barbarus'에서 기원했습니다. '야만적인', '길들지 않은'을 의미하는 'barbarous'와 뿌리가 같습니다. 반면에 'courage'는 라틴어로 '심장(heart)'을 의미하는 'cor'에서 왔습니다. 심장(heart), 정신(spirit), 마음(mind), 감정(feeling)을 의미하는 프랑스어 'coeur'가 되었다가, 영어 'courage'가 됩니다. 사전을 찾아보면, 'brave'는 '어려움과 위험에 단호하게 맞서는, 혹은 맞설 능력이 있는'을 의미하고, 'courage'는 '두려움에도 불구하고 행동할 수 있는 정신적, 도덕적 힘'을 의미합니다. 두 단어 모두 '용기'로 번역되고, 대개는 구별 없이 쓰지만, 'brave'가 담대한 행동력을 강조한다면, 'courage'는 두려움에 맞서 올바른 일을 해내는 정신적, 도덕적 힘에 방점이 찍힙니다.

'brave'와 'courage'의 차이는 뒤에서 다룰 하퍼 리의 『앵무새 죽이기』에서도 엿볼 수 있습니다. 소설에서 인종 차별에 맞서는 변호사 애티커스 핀치의 말처럼 진정한 용기란 무모한 모험을 하거나 총을 휘두르는 것이 아니라 극심한 통증에 시달리면서도 존엄한 인간의 모습으로 생을 마감하기 위해 진통제 없이 버티는 듀보즈 부인의 강한 의지와 같은 것입니다. 혹은 재판에 질 것을 알면서도, 흑인의 인권도 보호해야 한다는 신념으로 목숨 걸고 변호에 나서는 애티커스의 모습이기도 합니다. "진정한 용기란 패배하리란 것을 알면서도 어쨌든 시작하고 끝까지 해내는 거야(It's when you know you're licked before you begin, but you begin anyway and see it through no matter what)." 용기에 관한 가장 유명한 정의로 꼽히는 애티커스 핀치의 말입니다.

이렇듯 용기는 용감한 행동보다는 정신적, 도덕적 성숙함이 본질입니다. 그래서 영어에서 '용기'는 대개 'courage'라는 단어로 표현합니다. 『별을 헤아리며』에서 작가가 레지스탕스 지도자에게는 'courage'를 사용하고 안네마리에게는 'brave'라는 단어를 사용한 이유는 아마도 나치 점령하라는 특수한 상황과 관련이 있지 않을까요. 그 시기 많은 사람이 정신적 준비가 덜 된 상태에서 용감한 행동에 나서야 하는 현실에 맞닥뜨립니다. 겨우 열 살밖에 안 된 안네마리가 친구 엘렌의 가족을 구해야 하는 상황도 마찬가지입니다.

다리가 긴 열 살 안네마리는 이제 분홍색 크림을 얹은 컵케이크를 그리워하는 바보짓은 하지 않는다. 이제 그녀는 — 그리고 모든 덴마크인은 — 엘렌과 엘렌의 부모님, 그리고 덴마크에 사는 모든 유대인을 지켜 주어야 한다.

그녀가 그들을 위해서 죽을 수 있을까? 정말로? 안네마리는 어둠 속에서 솔직히 인정했다. 잘 모르겠다고.

Now she was ten, with long legs and no more silly dreams of pink-frosted cupcakes. And now she — and all the Danes — were to be bodyguard for Ellen, and Ellen's parents, and all of Denmark's Jews.

Would she die to protect them? Truly? Annemarie was honest enough to admit, there in the darkness, to herself, that she wasn't sure.

두렵고 확신도 없으며 마음의 준비도 안 되어 있지만 안네마리는 행동에 나서야만 합니다. 이런 상황에서 용기는 조금 변형된 형태로 모습을 드러냅니다. 바로 용감함(braveness)이 늘 '무지'와 연관된다는 점입니다. "네가 아무것도 알지 못하면 더 쉽게 용감해지지"라는 말에서 보듯 『별을 헤아리며』에서 용기 있는 행동은 '무지', '알지 못함'이라는 전제 속에 행해집니다. '알지 못함'은 사람들을 용감한 행동으로 나아가게 하는 힘이고 또한 사람들을 보호하는 힘입니다. 그건 어른도 마찬가지입니다. 로센 씨가 그 예입니다. 그는 페테르에게서 종이 꾸러미를 받아 헨리크 삼촌에게 전달하라는 임무를 받습니다. 그것은 매우 중요한 임무였지요. 그 종이 꾸러미 안에 무엇이 들었는지 모두 궁금했지만, 누구도 그것을 알려 하거나 말하지 않습니다. "만일 로센 씨가 안다면, 그는 위험에 빠질지도(If Mr. Rosen knew, he might be in danger)" 모르기 때문입니다. 그래서 아무것도 알지 못하는 여섯 살 키르스티(Kirsty)가 제일 용감하고 안전하다는 아이러니가 발생합니다. 이 소설의 클라이맥스는 로센 씨가 실수로 떨어뜨린 종이 꾸러미를 안네마리가 삼촌에게 전달해야 하는 장면입니다. 안네마리는 종이 꾸러미를 바구니에 넣고 숲을 지나다가 무서운 독일 군인과 개들을 맞닥뜨립니다. 위기의 순간에 안네마리는 아무것도 모르는 여섯 살 키르스티를 흉내 냄으로써 임무를 완수하고 자신을 지킵니다. 이렇듯 이 소설에서 용기 있는 행동은 정신적 성숙의 결단이 아니라, 아무것도 모르는 상황에서 해내는 용감한 행위이며, 무지는 자신과 타인을 보호하는 힘입니다. 이와 같은 용기의 왜곡은 나치 치하라는 극단적 폭력이 지배하는 상황에서 빚어지는 슬픈 현실입니다.

현실과 동화 사이:
"모든 세상은 다 변했다. 오로지 동화만이 그대로였다."

하늘도 너무 춥고 너무 커, 안네마리는 생각했다. 온 세상이 너무 춥고 너무 커. 그리고 너무 잔인해.

The sky was, too, thought Annemarie. The whole world was: too cold, too big. And too cruel.

나치가 점령한 세상은 너무나 무섭고 잔인합니다. 하지만 세상이 항상 이렇게 무서웠던 것은 아닙니다. 무섭고 차가운 현실 속에서 언뜻언뜻 안네마리에게 떠오르는 기억의 조각들이 있습니다. 환호하는 사람들 틈에서 크리스티안 왕이 손을 흔들어 주던 광경, 착하고 아름다웠던 리세 언니와 장난기 가득했던 페테르. 그러나 즐겁고 행복했던 과거의 기억을 뒤로하고 이제 현실과 마주해야 합니다. 분홍 크림을 얹은 컵케이크는커녕 빵에 바를 버터를 못 본 지 오래입니다. 이웃이 독일군에 끌려가고, 그런 이웃을 돕기 위해 어쩌면 목숨을 걸어야 할지도 모릅니다. 너무나 잔인한 현실에 안네마리는 현실과 상상 사이에서 우왕좌왕합니다.

잠시 안네마리는 두려움을 느꼈다. 하지만 이불을 목까지 끌어올리고 마음을 진정시켰다. 이건 다 상상이야. 어쨌든, 사실이 아니야. 다른 사람을 위해 죽을 정도로 그렇게 용감해야 하는 건 동화책에서나 있는 일이야. 실제 덴마크에서는 그렇지 않아. 아, 군인들이 있구나; 그건 사실이지.

For a moment she felt frightened. But she pulled the blanket up higher around her neck and relaxed. It was all imaginary, anyway—not real. It was only in the fairy tales that people were called upon to be so brave, to die for one another. Not in real-life Denmark. Oh, there were the soldiers; that was true.

전쟁처럼 참혹한 현실을 그대로 직면하는 것이 너무 고통스러울 때, 인간은 현실을 부정하거나 현실에 환상을 덧입히기도 합니다. 안네마리의 엄마는 어린 딸 키르스티에게 덴마크 군함을 폭파하는 광경을 생일 축하 폭죽놀이라고 말해 참혹한 현실을 가려 줍니다. 폭탄을 폭죽놀이로 받아들이는 동화의 세계에서 키르스티는 큰 상처 받지 않고 안전하게 살아 나갈 수 있었습니다.

동화의 세계에 안주할 수 있었던 여섯 살 키르스티와 달리, 청소년으로 성장하는 안네마리는 동화의 세계와 잔인한 현실의 세계, 그 사이에 있습니다. 안네마리는 현실이 동화의 세계와 다르다는 것을 어느 정도 알아차릴 만큼 성숙했습니다. 현실과 동화의 어중간한 지점에서 안네마리는 중요한 임무를 수행하기 위해 동화를 적극 활용합니다. 로센 씨가 떨어뜨린 종이 꾸러미를 엄마 대신 헨리크 삼촌에게 전해 주는 임무를 수행하기 위해 안네마리가 선택한 방법이 바로 그것이죠. 헨리크 삼촌은 유대인들을 스웨덴으로 도피시키기 위해 배를 준비하고 있었고, 종이 꾸러미를 전달하는 것은 일의 성패를 좌우할 만큼 중요한 임무입니다. 그리고 집에서 헨리크 삼촌의 배까지 가는 길에는 무서운 독일 군인들이 유대인을 잡기 위해 총부리를 겨누고 있습니다. 반드시 해내야만 하는 임무였고, 자칫 자기 목숨을 잃을지도 모르는 위험한 임무입니다.

이 위험한 임무를 위해, 안네마리는 현실을 동화의 세계로 감싸는 방법을 생각해 냅니다. 자신이 처한 현실을 동화 「빨간 모자(Little Red Riding-Hood)」 이야기에 대입시킨 것이죠. 안네마리가 종이 꾸러미가 든 바구니를 들고 삼촌에게 가는 길은, 빨간 모자 쓴 소녀가 심부름 가는 길과 겹쳐집니다. 안네마리는 길모퉁이와 숲을 걸으면서, 자신이 키르스티에게 들려준 빨간 모자 소녀가 걸었던 길을 상상합니다.

안네마리의 상상 속 빨간 모자 이야기가 현실과 만나는 지점이 바로 숲에서 들리는 짐승의 으르렁대는 소리입니다. 빨간 모자 소녀가 숲에서 늑대를 만난 것처럼 안네마리는 독일 군인들과 개 두 마리를 맞닥뜨립니다. 이때 안네마리는 동화의 세계를 살고 있는 키르스티 혹은 빨간 모자의 소녀가 되어 독일군을 속이고 안전하게 임무를 수행할 수 있었습니다. 상상, 혹은 동화의 세계가 잔인한 현실에 처한 안네마리를 구해 준 것이죠.

희생과 희망, 그리고 기억: "페테르 네일센은 죽었다."

안네마리가 종이 꾸러미를 전달해 유대인 이웃을 구하고 2년이 지나 마침내 전쟁이 끝납니다. 안네마리는 열두 살이 되었고, 조잘대던 여섯 살 수다쟁이 꼬마 키르스티도 이제 키 크고 마른 진지한 소녀로 자랐습니다. 해방된 덴마크에도 새로운 희망이 솟아날 것입니다. 그 희망을 얻기까지 치러야 했던 희생은 컸습니다. 리세의 약혼자이자 용감한 레지스탕스였으며 안네마리에게는 다정한 장난꾸러기 빨간 머리 오빠였던 페테르 네일센은 체포되어 처형당했습니다. 사랑하는 리세 곁에 묻어 달라는 최후의 유언도 거부당한 채, 같이 처형된 동료들과 함께 그저 번호가 매겨진 상태로 매장됩니다.

가슴 아프고 잔인한 희생을 딛고 어쨌든 희망은 싹이 틉니다. 사람들은 묻어 두었던 기억을 하나씩 꺼내 말하기 시작합니다. 안네마리는 말을 꺼내는 것조차 조심스러웠던 리세 언니 이야기를 비로소 부모님에게서 들을 수 있었습니다. 레지스탕스로 활동했다는 이유로 리세와 페테르가 "너무너무 젊은 나이에, 그렇게나 많은 희망을 품은 채(So very very young. With so much hope)" 독일군 손에 죽어 간 이야기를요.

부모님에게서 리세와 페테르의 모든 이야기를 들은 안네마리는 리세와 페테르가 약혼을 발표하던 날 사람들이 흥겨운 음악에 맞춰 춤추던 모습을 기억해 냅니다. 노란 드레스를 입은 리세가 페테르와 광장에서 행복하게 춤추던 모습이죠. 그리고 리세의 트렁크를 열어 유대인의 표식인 다윗의 작은 별 목걸이를 꺼냅니다. 독일군이 유대인을 찾기 위해 안네마리 집을 급습했을 때 안네마리는 엘렌의 목에 걸려 있던 그 목걸이를 황급히 떼서 손에 꼭 쥐었던 것입니다. 안네마리는 순간적으로 친구를 위해 위험을 감수했던 겁니다.

이 소설은 엘렌이 돌아와 자신이 그 목걸이를 돌려줄 때까지 간직하겠다는 안네마리의 말로 끝을 맺습니다. 이제는 빛이 바랜 노란색 드레스는 가장 아름답고 행복했던 시기에 희생당한 리세와 페테르 같은 젊은이를 상징합니다. 그들의 희생을 기억해야만 희망은 다시 태어날 것입니다.

루이스 로리는 역사적 사실에 상상력을 결합하여 매력적인 소설을 만들어 냈습니다. 후기에서 밝히듯 나치 점령하 코펜하겐 거리 모습과 목숨을 걸고 나치에 저항했던 덴마크 레지스탕스, 덴마크 국왕 크리스티안 10세의 일화들, 덴마크인들의 군함 파괴, 그리고 개들의 후각을 마비시키는 손수건 등은 모두 실제로 있었던 일입니다. 작가는 여기에 자신의 어린 시절 친구였던 안넬리세 플라트를 모델로 하여 안네마리라는 소녀를 만들어 냈습니다. 안네마리의 가족과 친구들도 가상의 존재입니다. 그리고 페테르 네일센은 앞에서 언급한 킴 말테브룬이 모티브가 되었습니다.

리세의 빛바랜 노란 드레스를 트렁크에서 꺼내듯 작가는 폭력에 저항했던 인간들의 모습을 소설을 통해 꺼내 보여 주며 기억하게 만듭니다. 폭력에 저항하며 인간의 존엄을 지키려 한 그 노력을 기억하고 새로운 희망을 찾는 것은 우리의 몫일 테지요.

6

달콤 쌉싸름한 초콜릿의 메시지

로알드 달의 『찰리와 초콜릿 공장』

1916년 영국 웨일스에서 태어난 **로알드 달**(Roald Dahl)은 영국의 가장 사랑받는 아동문학 작가로 꼽힙니다. 《타임스》가 선정한 "1945년 이래 가장 위대한 영국 작가 50명" 가운데 16위를 차지하기도 했습니다. 『찰리와 초콜릿 공장(Charlie and the Chocolate Factory)』, 『마틸다(Matilda)』, 『제임스와 슈퍼복숭아(James and the Giant Peach)』, 『멋진 여우 씨(Fantastic Mr. Fox)』 등 그가 펴낸 책들은 큰 성공을 거두어 총 2억 5천만 부 가까이 판매되었습니다. 1980년 새로 발견된 행성의 이름을 그의 이름을 따서 '6223 Dahl'이라고 지을 만큼 인기를 얻었으며, 1990년 사망 후에도 여러 기념행사가 꾸준히 이어지고 있습니다. 1996년에는 로알드 달 박물관(Roald Dahl Museum and Story Centre)이 세워지고, 2002년 그의 고향인 웨일스의 카디프시는 원래 있던 광장의 이름을 '로알드 달 광장'으로 바꾸었으며, 2012년에는 그를 기념하는 우표 세트가 발행되었습니다.

로알드 달의 대표작으로 꼽히는 **『찰리와 초콜릿 공장』**은 1964년 출간된 이래 큰 사랑을 받았습니다. 풍부한 초콜릿 같은 맛을 느끼게 하는 이 작품에는 작가의 어린 시절 경험이 녹아들어 있습니다. 초콜릿 회사 캐드버리(Cadbury)는 학생들의 평가를 받기 위해 달이 다니던 학교에 초콜릿을 보냈는데 이때부터 로알드 달은 초콜릿의 맛에 빠져들었다고 합니다. 당시 캐드버리와 라운트리(Rowntree's)라는 두 초콜릿 회사가 스파이를 보내어 초콜릿 제작 비법을 빼내는 등 서로 경쟁을 벌이던 실제 사건들도 이 작품에 그대로 녹아 있습니다. 1971년 〈윌리 웡카와 초콜릿 공장(Willy Wonka & the Chocolate Factory, 국내명 '초콜렛 천국')〉이라는 뮤지컬 영화가 만들어졌고, 2005년에는 이를 리메이크한 영화 〈찰리와 초콜릿 공장〉이 제작되었습니다.

『찰리와 초콜릿 공장』은 1964년에 출간된 이래 뮤지컬과 영화, TV 프로그램, 비디오 게임 등 다양한 형식으로 각색되었습니다. 2005년 조니 뎁이 윌리 웡카 역을 맡은 팀 버튼 감독의 영화는 이 소설의 바래지 않는 매력을 보여 줍니다. 작품에 담긴 기발한 상상력과 재미, 도덕적 교훈 등은 이 소설이 명성을 얻는 데 큰 역할을 합니다.

로알드 달은 독특하고 기발한 그의 소설만큼이나 경력이 흥미로운 작가입니다. 1916년에 태어난 달은 2차 세계대전에 영국 왕립공군 전투비행사로 참전했다가 부상합니다. 그 후유증으로 전투에 계속 나서지 못하고 미국 워싱턴에서 외교관이자 영국군 정보장교로 활동합니다. 군대에서 전역한 후에는 아픈 아들을 위해 의료기구도 발명합니다. 에세이나 단편소설, 영화 대본 등 다양한 글을 썼고,

『찰리와 초콜릿 공장』을 비롯해 아동 소설도 여러 편 썼습니다.

로알드 달이 초콜릿을 소재로 작품을 쓴 것은 그의 유별난 초콜릿 사랑과 무관하지 않습니다. 그는 어린 시절부터 초콜릿과 사탕을 즐겼고, 글을 쓸 때도 늘 초콜릿을 먹었다고 합니다. 『찰리와 초콜릿 공장』 외 다른 작품에도 어김없이 초콜릿이 등장할 뿐만 아니라 『로알드 달 요리책(The Roald Dahl Cookbook)』에서는 그의 가족이 즐겨 먹은 여러 종류의 초콜릿을 소개하기도 합니다.

달콤하면서 쌉쌀한 맛과 향기를 지닌 초콜릿은 인생의 즐거움, 기쁨, 행복의 상징이면서 동시에 쾌락 추구와 탐욕을 의미할 수 있습니다. 초콜릿과 관련된 이야기들이 대개는 무절제하게 욕심내 초콜릿을 탐닉하지 말고 나누어 먹으라는 도덕적 교훈으로 끝나는 것도 그런 이유입니다.

『찰리와 초콜릿 공장』 또한 이런 도덕적 메시지를 담고 있는데 독특한 점은 이를 당시 영국 사회의 구체적인 현실을 배경으로 풀어낸다는 점입니다. 예를 들어, 이 작품에서 초콜릿은 가난함과 부유함이라는 문제와 맞닿아 있습니다. 치약공장에서 일하는 아버지의 많지 않은 월급으로 먹고살아야 하지만 가난함 속에서도 따뜻한 사랑이 넘치는 찰리 가족과, 무절제하고 방종한 또 다른 네 아이의 가족들이 선명하게 대비됩니다. 소설에서 초콜릿을 생산하는 움파룸파족은 서구사회의 민감한 주제인 흑인 노예 논쟁을 불러일으키기도 했습니다.

초콜릿처럼 풍미 가득한 언어의 향연

『찰리와 초콜릿 공장』은 말 그대로 초콜릿처럼 달콤 쌉싸름한 풍미로 가득한 언어의 향연이라고 할 수 있습니다. 일 년 중 생일에나 겨우 한 번 초콜릿을 맛보던 찰리가 길에서 1달러짜리 지폐를 주워 초콜릿을 마음껏 먹게 되었을 때의 기쁨을 작가는 이렇게 표현합니다.

> (…) 아, 이렇게 달콤하고 단단한 큰 조각들을 입안에 욱여넣을 수 있는 기쁨이란! 풍요로운 맛을 지닌 음식을 입안 가득 채울 수 있는 더없이 순수한 복된 기쁨이여!
>
> (…) oh, the joy of being able to cram large pieces of something sweet and solid into one's mouth! The sheer blissful joy of being able to fill one's mouth with rich solid food.

초콜릿을 먹는 것이 얼마나 즐거웠으면 입과 위를 채우는 만족감 정도가 아니라 마치 천국에서나 누릴 종교적 환희인 'blissful joy'에 비유했을까요?

찰리와 조 할아버지가 윌리 웡카의 초콜릿 공장에 초대되어 공장을 채운 초콜릿 냄새를 맡으며 나누는 대화 또한 온갖 향기로 가득 차 있습니다.

“너무 아름답고 따듯해요!” 찰리가 속삭였다.

“그렇구나. 냄새도 기가 막히는구나!” 코를 깊게 벌름거리며 조 할아버지가 말했다. 세상에 가장 좋은 냄새가 그들 주변에 다 모여 뒤섞인 것 같았다. 커피 열매를 볶는 냄새, 설탕이 끓으면서 나는 냄새, 초콜릿이 녹는 냄새, 박하와 제비꽃 향기, 으깨어진 개암나무 열매와 사과꽃 향기와 캐러멜 냄새, 그리고 레몬 껍질 냄새…

“How lovely and warm!” whispered Charlie.

“I know. And what a marvellous smell!” answered Grandpa Joe, taking a long deep sniff. All the most wonderful smells in the world seemed to be mixed up in the air around them—the smell of roasting coffee and burnt sugar and melting chocolate and mint and violets and crushed hazelnuts and apple blossom and caramel and lemon peel…

이렇듯 초콜릿 향기를 묘사하는 다양하고 풍성한 문장을 읽다 보면 저절로 입에 군침이 돌며 맛있는 초콜릿을 상상하게 될지도 모릅니다. 초콜릿을 만드는 재료들을 나열하는 것만으로 상상력이 자극될 수 있습니다.

소설에 등장하는 인물 묘사도 상상력을 자극합니다. 등장인물의 이름부터 그 인물의 성격을 드러냅니다. 제일 먼저 황금 초대장을 찾아낸 소년 아우구스투스 글룹(Augustus Gloop)의 성 ‘Gloop’은 기분 나쁘게 찐득거리는 물체나 끈적한 액체를 뜻하는 단어로, 서구

문화에서 7대 죄악 중 하나인 '식탐(Gluttony)'과 연관됩니다. 아울러 이름인 'Augustus'는 높은 지위에 있는 인물을 나타냅니다. 즉 '아우구스투스 글룹'이라는 이름은 식탐 많은 가문에서 떠받들려 자라는 아이를 연상하게 합니다.

황금 초대장을 발견한 사람은 아우구스투스 글룹이라는 소년이었다. 버킷 씨가 가져온 석간신문 1면에 그 아이의 사진이 크게 실려 있었다. 사진에는 거대하게 살찐 아홉 살 아이가 있었다. 너무 살이 쪄서 마치 강력 펌프로 바람을 잔뜩 넣은 것 같았다. 거대한 비곗덩이들이 겹겹이 축 늘어진 채 아이의 온몸에서 불거져 나왔고, 얼굴은 괴물 같은 밀가루 반죽 덩어리에 작고 탐욕스러운 열매 두 알을 박아 놓은 것 같았다. 아이는 그 눈으로 빠끔히 세상을 내다보고 있었다.

The finder was a boy called Augustus Gloop, and Mr Bucket's evening newspaper carried a large picture of him on the front page. The picture showed a nine-year old boy who was so enormously fat he looked as though he had been blown up with a powerful pump. Great flabby folds of fat bulged out from every part of his body, and his face was like a monstrous ball of dough with two small greedy curranty eyes peering out upon the world.

아우구스투스 글룹이라는 이름에 딱 들어맞는 모습입니다. 소설에 등장하는 다른 인물들 역시 이름만으로도 독자들의 상상력을 발동시킵니다. 두 번째로 황금 초대장을 찾아낸 소녀 버루카 솔트(Veruca Salt)의 이름에서 'veruca'는 주로 발바닥에 생기는 좁쌀 같은 바이러스 균인 무사마귀, 버루카(verruca)와 비슷한 단어입니다. 또 다른 황금 초대장의 주인공인 바이올렛 뷰리가드(Violet Beauregarde)의 'Beauregarde'는 프랑스어 'beau'와 'regarde'가 결합한 단어로, 영어로는 'look beautiful', 즉 '아름답게 생기다'라는 뜻입니다.

이 이름들에서도 두 소녀의 생김새나 성격을 짐작할 수 있습니다. 버루카는 마음에 드는 물건은 무조건 떼를 써서 손에 넣고야 마는 아이이고, 바이올렛은 자신이 사람들의 주목을 받는 중심이 되지 않으면 견디지 못하는 성격입니다. 껌 오래 씹기 기록을 보유하는 이유도 사람들의 주목을 받기 위해서지요. 버루카와 바이올렛은 각각 탐욕과 교만을 상징하고 있습니다.

마이크 티비(Mike Teevee)의 성 'Teevee'는 당연히 TV를 의미하고 TV 중독의 위험을 암시합니다. 윌리 웡카(Willy Wonka)에서 'wonk'는 '일이나 공부를 지나치게 많이 하는 사람, 어떤 것의 모든 세부사항을 꿰뚫고 있는 사람'을 뜻합니다. 윌리 웡카가 지독한 일 중독자임을 짐작할 수 있습니다.

『찰리와 초콜릿 공장』은 초등 저학년 어린이를 위한 책으로 추천될 때도 있지만 사실 이 책에 나오는 단어의 수준은 상당히 높습니다.

아이들과 어른들 모두 넋이 나가 말을 잇지 못했다. 기가 막히고 어질어질하고 아연실색해 도무지 정신을 차릴 수가 없었다. 그들은 이 모든 거대한 광경에 어안이 벙벙하여, 그저 서서 멍하니 바라볼 뿐이었다.

The children and their parents were too flabbergasted to speak. They were staggered. They were dumbfounded. They were bewildered and dazzled. They were completely bowled over by the hugeness of the whole thing. They simply stood and stared.

초대장을 손에 쥔 아이들과 부모들이 지하 초콜릿 공장에 들어가 놀라는 모습입니다. '놀라다'라는 표현이 'flabbergasted', 'staggered', 'dumbfounded', 'bewildered', 'dazzled', 'bowled over'처럼 쉽지 않은 단어들로 나열되어 있습니다. 유사 표현을 다채롭게 공부할 수 있어 어휘력을 늘리는 데 좋고, 감정을 표현하는 분사 관련 문법을 익히기에도 도움이 되지만, 이러한 수준의 어휘와 문법을 받아들일 기초가 되어 있지 않은 초등 저학년 아이들에게 부담이 될 수 있다는 점을 반드시 고려해야 합니다.

초콜릿의 메시지: 절제와 존중, 사랑

『찰리와 초콜릿 공장』에서 '풍부한(rich)', '화려한(gorgeous)', '환상적인(fantastic)' 등의 수식어로 표현되는 초콜릿은 고통스럽고 지루한 인간의 삶을 즐겁고 풍요롭게 만들어 주는 재료입니다. 윌리 웡카는 따가운 햇볕 아래서도 녹지 않는 초콜릿 아이스크림이나 입안에 넣고 녹여 먹다 보면 분홍빛 새끼가 혀끝에 남는 점박이 파랑새 알 등 상상하지 못할 신기한 것들을 만들어 내는 "초콜릿의 마술사(a magician with chocolate)"입니다. 가난으로 고통받는 찰리 가족도 윌리 웡카의 초콜릿 이야기를 할 때만큼은 생기를 찾습니다.

윌리 웡카의 초콜릿은 무한한 상상력과 즐거움의 원천이면서 또한 절제의 상징이기도 합니다. 인도 왕자 폰디체리 이야기가 이 메시지를 잘 전달합니다. 아무리 초콜릿이 좋아도 모든 것이 초콜릿으로 만들어진 초콜릿 궁전에서 영원히 살 수는 없지요. 햇볕에 녹기 전에 먹으라는 윌리 웡카의 충고를 듣지 않은 인도 왕자는 결국 녹아 버린 초콜릿 호수에서 허우적대고 맙니다.

인도 왕자처럼 자신이 원하는 것을 무절제하게 탐닉하고 오용하는 예는 찰리를 제외한, 황금 초대장을 받은 다른 네 명의 아이들에게서도 볼 수 있습니다. 이 아이들은 모두 자신이 원하는 것을 이기적으로 무작정 쫓다가 끝내 벌을 받습니다. 그들의 성격과 태도는 근본적으로 부모의 양육 문제 때문이기도 합니다. 로알드 달은 이 작품에서 부모들이 자녀를 제대로 훈육하지 못하고 버릇없는 아이들로 방치해서는 안 된다는 메시지를 전합니다.

찰리는 이 네 아이와 대비됩니다. 찰리의 집은 가난하지만 가족들끼리 서로 돕고 사랑합니다. 어른들은 아이를 잘 훈육합니다. 찰리는 아무리 조 할아버지의 이야기를 더 듣고 싶어도, 제시간에 잠을 자야 한다는 부모님의 말씀을 따릅니다. 생일에 한 번 먹을 수 있는 초콜릿을 선물로 받고서 그 작은 초콜릿을 온 가족과 한 조각씩 나누어 먹으려 하지만 가족들은 초콜릿을 찰리 혼자 온전히 즐길 수 있도록 양보합니다. 가난 속에서도 서로 배려하는 이상적인 가족의 모습입니다.

『찰리와 초콜릿 공장』의 도덕적 메시지는 부(富)의 문제와 연관되어 있습니다. 찰리 가족의 가난한 모습은 다른 네 가족의 부유한 모습과 생생하게 대비됩니다. 버켓 씨가 치약공장에서 받는 월급은 조부모님 네 분을 포함한 일곱 식구가 먹고살기에 턱없이 부족합니다. 그러던 버켓 씨가 그 일자리마저 잃자 찰리는 그야말로 가혹한 굶주림의 고통을 겪습니다.

추운 날씨가 계속 이어지면서, 찰리는 지독한 배고픔을 느꼈다.

As the cold weather went on and on, he became ravenously and desperately hungry.

'지독한 배고픔'이라고 번역한 'ravenously and desperately hungry'는 사실 끔찍한 표현입니다. 'raven'은 까마귀를 뜻하는데,

'ravenous'는 굶주린 까마귀가 죽은 동물의 살을 허겁지겁 먹는 모습을 가리키는 형용사로, 쓰레기라도 먹을 정도로 허기진 상태를 나타냅니다. 그야말로 굶어 죽기 직전에 아무것에나 달려들어 먹을 수 있을 만큼 배고프다는 표현입니다.

찰리 가족처럼 가난한 가정이 반드시 서로 존중하고 도덕적인 것은 아니고, 부유한 가정이 무조건 아이들을 무절제하게 방치하는 것은 아닙니다. 가난한 가정에서 자녀를 방치하는 경우도 현실에서는 많이 볼 수 있지요. 그래서 『찰리와 초콜릿 공장』을 "가난에 대한 가짜 재현(phony presentation of poverty)"이라면서 가난을 낭만화한다고 비판하는 비평가도 있습니다.

하지만 찰리 가족의 가난은 단지 가난의 미화로 보기 힘듭니다. 찰리 가족의 가난은 그들에게 초콜릿이 단순한 군것질거리 이상의 의미와 가치를 지니고 있음을 강조하고 있습니다. 늘 궁핍한 삶을 살아야 했던 찰리 가족에게 초콜릿은 삶의 유일한 즐거움이자 희망이었던 것입니다. 황금 초대장을 찾기 위해 자신이 가진 마지막 비상금을 털어 초콜릿을 산 조 할아버지의 행동은 어쩌면 자신과 손자 찰리의 생을 건 모험인 셈입니다. 희망 없는 가난한 찰리 가족에게 초콜릿은 그나마 기댈 수 있는 "작은 가능성(tiny chance)"이었습니다.

결국 할아버지의 비상금으로 산 초콜릿에서는 황금 초대장이 나오지 않았습니다. 하지만 마치 신이 준 선물처럼, 찰리의 눈에 1달러짜리 지폐가 눈에 띄어 황금 초대장을 받을 수 있었던 것은 조 할

아버지가 찰리에게 지켜 주고 싶었던 "작은 가능성"에 대한 희망 덕분이 아니었을까요? 때로 현실은 너무나 척박하고 절망적이어서 희망의 부스러기조차 찾을 수 없을 것 같은 때도 있습니다. 살을 에는 겨울날 갈까마귀처럼 입에 넣을 수 있는 거라면 뭐든 넣을 만큼 굶주리는 찰리 가족의 경우처럼요. 조 할아버지의 "작은 가능성"은 그런 비참한 현실에서도 희망을 포기하지 않는다면 반드시 찾아온다는 메시지를 전해 줍니다.

찰리는 매번 멋진 생일 아침에 초콜릿을 받으면 작은 나무 상자에 조심스레 넣어 두고는 마치 순금 덩어리를 다루듯 애지중지했다. 다음 며칠 동안은 그저 눈으로만 쳐다볼 뿐 절대 손도 대지 않았다. 그러다가 도저히 참을 수 없을 때가 되면 초콜릿이 조금만 보일 정도로 포장지의 한쪽 귀퉁이를 벗겨서는 아주 조그맣게 한 입만 살짝 베어 물었다. 달콤한 맛이 혀 전체로 은은하게 퍼져 나갈 정도로만. 그다음 날도, 또 그다음 날도, 조금씩, 조금씩. 그렇게 해서 찰리는 6페니짜리 초콜릿을 한 달 넘게 먹곤 했다.

And each time he received it, on those marvelous birthday mornings, he would place it carefully in a small wooden box that he owned, and treasure it as though it were a bar of solid gold; and for the next few days, he would allow himself only to look at it, but never to touch it. Then at last, when he could stand it no longer, he would peel back a tiny bit of the paper wrapping at one corner to expose a tiny bit of chocolate, and then he would take a tiny nibble—just enough to allow the lovely sweet taste to spread out slowly over his tongue. The next day, he would take another tiny nibble, and so on, and so on. And in this way, Charlie would make his sixpenny bar of birthday chocolate last him for more than a month.

찰리는 일 년 중 딱 하루 생일에만 작은 초콜릿을 선물 받습니다. 초콜릿은 찰리에게 단순히 맛있는 간식거리가 아닙니다. 그는 초콜릿을 마치 보물처럼("treasure it") 아끼고 애지중지합니다. 초콜릿을 게걸스럽게 삼켜 버리는 아우구스투트 글룹이나 오로지 초콜릿을 갖는 것에만 관심 있는 버루카 솔트, 초콜릿보다 껌이나 TV에 더 관심이 있는 바이올렛 뷰리가드와 마이크 티비는 초콜릿을 소중하게 여기지 않고 그 가치도 알지 못합니다. 초콜릿뿐 아니라 모든 물건은 그 진가를 알고 소중히 여기는 사람의 몫이어야겠지요. 찰리가 윌리 웡카의 초콜릿 공장을 물려받을 후계자로서 자격이 있는 것도 그 때문입니다.

인종 차별 논란과 움파룸파족

『찰리와 초콜릿 공장』은 흑인 노예를 연상시키는 움파룸파족 묘사 때문에 비난받기도 했습니다. 1964년 출간된 초판에는 움파룸파족을 아프리카에서 데려왔다고 말하는 부분이 있어 이러한 비난이 더욱 거세었습니다. 비판을 의식해서인지, 1971년 판에서는 아프리카라는 설정이 빠지고 '룸파랜드(Loompaland)'에서 데려온 것으로 바뀌었습니다. 그해 미국에서 나온 영화 〈윌리 웡카와 초콜릿 공장〉에서는 움파룸파족을 녹색 머리카락으로 설정해 인종 논쟁에서 벗어나려 했습니다. 팀 버튼 감독의 영화에서 움파룸파족은 아예 컴퓨터 복제 인간입니다.

이런 상황은 인종 차별 문제가 서구사회에서 얼마나 민감한 갈등 요인인지 보여 줍니다. 『찰리와 초콜릿 공장』에서 움파룸파를 마치 물건처럼 표현한 대목이 있습니다. 예를 들어, 윌리 웡카는 움파룸파를 "룸파랜드에서 직수입해 왔다(imported direct from Loompaland)", "구멍 뚫린 커다란 화물 상자에 넣어 밀반입해 왔다(smuggled them over in large packing cases with holes in them)"라고 표현하는데요, 여기에 쓰인 'import,' 'smuggle'이라는 단어들은 인간을 묘사하기에 적합하지 않습니다. 또 움파룸파를 사 달라고 조르는 버루카에게, 움파룸파는 사고팔 수 없는 인간이라는 말을 해 주는 사람은 아무도 없었습니다. 오히려 버루카의 아빠 솔트 씨는 "오늘 안으로 구해 보겠다(I'll see you have one before the day is out)"며 돈으로 살 수 있는 물건인 것처럼 말합니다. 실제로 아프리카 흑인들을 마치 물건을 선적하듯이 차곡차곡 쌓아서 아메리카 대륙으로 데려오고 물건처럼 사고팔던 역사도 있는 터라, 이런 표현들은 날카로운 논쟁을 불러올

만합니다.

로알드 달이 인종적 경멸을 의도하고 움파룸파족을 흑인 노예로 그리지는 않았을 것입니다. 소설 속에서 움파룸파족은 노래로 윌리 웡카의 메시지를 전달하는 역할을 맡습니다. 마치 서커스단의 난쟁이들처럼 춤추고 노래하며 관객에게 재미를 주는 존재라 할 수 있습니다. 백인 남성인 윌리 웡카가 다람쥐처럼 민첩하고 괴상한 몸짓과 춤으로 관객들을 즐겁게 하는 것과 크게 다르지 않다고 볼 수도 있습니다. 그렇더라도 윌리 웡카와 버루카가 움파룸파를 마치 물건처럼 표현하는 부분은 이 책을 읽으면서 꼭 유념해야 할 대목입니다.

이처럼 『찰리와 초콜릿 공장』은 다소 까다롭고 민감한 논쟁을 일으키기도 했습니다. 하지만 이 작품이 지금까지도 가장 인기 있는 아동 소설로 남아 있는 이유는 초콜릿의 달콤한 맛과 풍부한 향취처럼 독자를 매료시키는 기발한 상상력과 풍부한 언어일 것입니다.

7

행복한 가정의 조건

바바라 오코너의 『개를 훔치는 완벽한 방법』

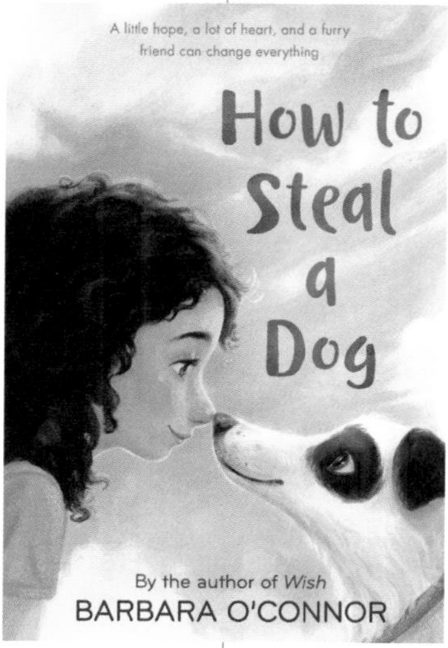

바바라 오코너(Barbara O'Connor)는 1958년 미국 사우스캐롤라이나주에서 태어나 그곳에서 대학 시절까지 살다가, 졸업 이후 북쪽의 뉴잉글랜드 지역에서 일하며 오랫동안 거주했습니다. 하지만 어린 시절을 보낸 남부를 그 어느 곳보다 사랑한다고 작가는 말합니다. 작품의 배경도 대개 남부 지역 소도시입니다. 대표작으로 『개를 훔치는 완벽한 방법(How to steal a dog)』과 『원더랜드(Wonderland)』, 그리고 《뉴욕타임스》 베스트셀러에 오른 『위시(Wish)』 등이 있습니다. 미국학부모협회 선정 도서, 《스쿨 라이브러리 저널》의 '베스트 북스', 전미도서관협회의 '주목할 만한 어린이책' 등에 뽑혔습니다.

"나의 이야기에는 나의 일부가 들어 있다. 인위적으로 만들어진 부분과 뒤섞인 채로. 작가들은 그렇게 한다. 인위적인 것을 사실과 뒤섞는다." 바바라 오코너의 이 말처럼 『**개를 훔치는 완벽한 방법**』의 주인공 조지나 헤이즈도 작가와 닮은 면이 있습니다. 조지나가 꼼꼼히 계획을 세우는 것처럼, 작가 바바라 오코너도 아주 꼼꼼하게 계획을 세우는 성격이라고 합니다. 다만 아빠의 가출로 가정이 큰 고통을 겪었던 조지나와 달리, 오코너 작가는 행복한 가정에서 성장했습니다. 작가가 불행한 가정의 아이가 겪는 심리적 고통을 그토록 섬세하게 그려 낸 점이 놀랍기만 합니다. 2007년에 출간된 이 작품은 2014년 김성호 감독에 의해 한국 영화로 제작되어 화제가 되었습니다.

여러분은 아주 일상적으로 함께해 왔던 것을 갑자기 잃어 본 적이 있나요? 예를 들어, 정전으로 TV나 냉장고를 쓰지 못하거나, 물 공급이 끊겨 수도를 쓸 수 없다거나, 버스나 전철 등 교통수단이 마비되어 원하는 곳에 갈 수 없었던 경험을 한 적이 있는지요? 이런 것들은 우리 생활에서 너무 익숙하고 당연하게 자리해 그 소중함을 지나치기 쉽지만, 만약 갑자기 사라지면 우리는 큰 혼란에 빠질 것입니다.

우리는 우리가 태어나고 생활하는 공간인 가정을 아주 당연한 것으로 여기는 경향이 있습니다. 하지만 가정에 큰 변화가 생긴다면 삶은 극심한 혼란을 겪을 것입니다. 인간은 매우 연약하게 태어나므로 가정에서 오랜 시간 보호자의 사랑과 보살핌을 받아야만 살아갈 수 있습니다. 게다가 가정은 단지 신체적 생존을 위해서만 필요한 공간이 아닙니다. 가정은 한 개인이 사회와 접하는 창구이기도 합니다. 가정에서 우리는 인간의 기본 감정을 형성하고 도덕심을 기르며 정체성을 쌓아 갑니다. 가정이 불안정할 때 자아가 흔들리고 사회생활도 불안정해지는 이유입니다.

『개를 훔치는 완벽한 방법』의 주인공 조지나 헤이즈는 어느 날 갑자기 가정의 큰 변화를 맞습니다. 아빠가 집을 나가 버린 것이죠. 집세를 낼 수 없는 엄마는 조지나와 동생 토비를 데리고 자동차에서 생활합니다. 당연히 모든 것이 불편합니다. 상점 화장실에서 세수하고, 자동차 뒷좌석에서 구부려 잔 탓에 구겨진 옷을 입은 채 학교에 가야 합니다. 학교생활은 엉망이 되었습니다. 조지나가 무엇보다도 두려워한 것은 이런 자신의 상황이 친구들에게 알려지는 것입니다. 그러나 이 사실을 숨길 방법은 없지요.

이 소설은 가정이 위기에 처한 조지나가 친구들에게서 점차 소외돼 가는 과정을 담담하면서도 섬세하게 묘사하면서 조지나가 겪는 고통을 호소력 있게 전달합니다. 거리로 내몰린 제 가정을 구하겠다고 결심한 야무진 소녀 조지나는 결국 집을 얻는 것만이 가정을 회복하는 길이라 믿습니다. 그리고 집을 얻을 돈 오백 달러를 구하기 위해 생각해 낸 방법은 바로 개를 훔치는 것이었습니다. 개를 잃어버린 주인이 현상금 오백 달러를 걸면 훔쳤던 개를 돌려주고 현상금을 받아 집을 얻겠다는 계획이었죠. 개를 훔쳐서 돈을 벌어 집을 얻겠다는 조지나의 계획은 어떤 결말을 맞을까요?

작가 바바라 오코너는 미국 도시를 배경으로 현실적 고민에 부닥치고 양심의 갈등을 겪으면서 도덕적으로 성숙해 가는 청소년들의 성장을 주로 그려 냈습니다. 이 소설에서도 작가는 가정의 진정한 의미는 무엇인가라는 질문을 던지며 조지나가 성장하는 모습을 현실감 있게 보여 줍니다.

"제발 리자한테 자동차에서 산다고 말하지 말아 줘"

조지나 또래 청소년들에게 가정은 생활하는 공간일 뿐 아니라, 자신의 사회적 자아를 대변하는 공간입니다. 이 시기에 불안한 가정생활을 겪는 아이들은 자아 형성에 큰 위협을 겪게 되지요. 어느 날 갑자기 집을 잃고 차로 길거리를 떠돌며 생활하는 상황에 놓인 조지나가 가장 심각하게 느낀 위협은 바로 사회적 자아에 관련된 것입니다.

소설의 서두에서 조지나가 밝히듯, 개를 훔쳐서라도 집을 구하려고 한 이유는 차에서 생활하기 불편해서가 아닙니다. 가장 친한 친구인 루앤에게 자신의 처지를 들켰기 때문입니다. 자신이 집도 없이 길에서 떠돌고 있다는 사실을 루앤이 알게 된 순간, 조지나는 "땅이 갈라져서 날 집어삼켜 주었으면" 하고 바랄 만큼 수치심을 느낍니다. 애써 별일 없는 척 지내 왔던 조지나가 자신의 처지를 어쩔 수 없이 실토하자, 절친이었던 두 소녀의 심리적인 거리는 우주의 양 끝만큼이나 멀어져 버립니다.

그러고 나서 우리는 둘 다 자기 발끝을 바라보며 그곳에 그냥 서 있었다. 루앤과 나 사이의 거리가 점점 멀어져서, 나의 영원한 친구였던 루앤 고드프리가 나의 반대편 우주 끝에 멀리 떨어져 서 있는 것 같았다.

And then we both just stood there, looking at our feet. I could feel the distance between us grow and grow until it seemed like Luanne Godfrey, who had been my friend forever, was standing clear on the other side of the universe from me.

조지나가 느끼는 이 거리는 단지 조지나 혼자 느끼는 자격지심이 아닙니다. 실제로 루앤은 점점 더 조지나를 멀리하지요. 새로운 친구 리자와 함께 다니기 시작한 루앤에게 조지나는 전전긍긍하며 자신의 처지를 비밀로 해 주기를 바랄 뿐입니다.

루앤에게 집에 놀러 가도 되냐고 물어보지만 거절당한 후, 학교 식당에서 아이들과 함께 식사하는 장면은 친구들 속에서 조지나가 느끼는 소외감을 담담하면서도 절절하게 묘사합니다.

나는 스파게티 가락만 계속 돌렸다. 여기 학교 식당 테이블에서 벗어나고 싶다는 생각이 점점 커졌다. 두둥실 떠올라 천장을 뚫고 푸른 하늘로 날아가고만 싶었다. 나는 얘네들과 어울리지 않아. 나는 그 영화를 보지 못했어. 모두들 팔목에 두른 팔찌도 나는 살 수 없어. 얘네들이 쇼핑몰을 돌아다니는 동안, 나는 월그린 할인매장

화장실에서 내 속옷을 빨고 있었지.

I kept on twirling my spaghetti and feeling more and more like I didn't want to be there at the lunch table. I wanted to float right up through the ceiling and out into the blue sky. I didn't belong there with those girls. I hadn't seen that movie. I couldn't buy those bracelets they all wore. They had been over at the mall while I'd been washing my underwear in the bathroom sink at Walgreens.

조지나가 느끼는 소외와 두려움은 "정상(normal)"의 범주에서 벗어나는 것에 대한 두려움입니다. '정상 가족'이란 조지나가 부러운 눈으로 바라본, 중국 식당에서 식사를 마치고 즐겁게 걸어 나오는 그런 가족입니다. 가족을 부양하는 아빠, 아이들을 돌보는 엄마, 그리고 행복한 두 명의 아이들로 구성된 "진짜 가족(real family)"입니다. 조지나가 엄마를 비난하는 지점도 정상 가정의 엄마 모습이 아니라는 점입니다.

"엄마답게 행동할 수도 있잖아요." 나는 말했다.

엄마는 급브레이크를 밟더니 휙 뒤돌아서 나를 쏘아보았다.

"대체 그게 무슨 뜻이니?"

"엄마는 자식들을 돌봐야 하는 거잖아요," 나는 말했다. "자기 애들을 소름 끼치는 낡은 집에서 재우고 맥도날드 화장실에서 씻게 만드는 게 아니고."

"Maybe you could act like a mother," I said.

Mama slammed on the brakes and whipped around to glare at me.

"Just what is that supposed to mean?" she said.

"Mothers are supposed to take care of their kids," I said. "Not let them sleep in creepy old houses and wash up in the bathroom at McDonnald's."

여기서 "Mothers are supposed to"는 '엄마라면 당연히 ~해야 한다'는 뜻을 지닌 표현입니다. 이 소설에서 조지나는 'be supposed to'라는 표현을 많이 쓰고 있는데요, 이는 조지나 또래의 청소년들이 사회화가 본격적으로 이루어지는 시기에 있다는 점과 관련 있습니다. 우리가 '정상'이라고 부르는 사회적 규준에서 벗어나는 것이 이 시기 청소년들의 자아 형성에 치명적인 영향을 줄 수 있다는 것을 조지나는 보여 줍니다.

나는 맥도날드 화장실 거울에 비친 나 자신을 꼼꼼히 뜯어보았다. 기름기로 떡 진 앞머리가 이마에 달라붙어 있었다. 내가 베고 잔 잔뜩 구겨진 옷더미의 주름들이 여전히 내 옆얼굴에 자국을 남겨 놓았다. 나는 흐르는 물에 손을 문질러 씻고 젖은 손가락으로 머리를 쓸어 넘겼다. 그런 다음 휴지로 얼굴과 팔을 닦았다. 거친 갈

색 종이가 내 피부에 빨갛게 생채기를 내었다.

I studied myself in the mirror of the bathroom at McDonald's. My hair hung in greasy clumps on my forehead. Creases from the crumpled-up clothes I had slept on were still etched in the side of my face. I rubbed my hands together under the water and ran my wet fingers through my hair. Then I used paper towels to scrub my face and arms. The rough brown paper left my skin red and scratched.

이 장면은 조지나의 낮아진 자존감을 그대로 드러냅니다. 조지나의 얼굴에 빨갛게 생채기가 난 이유는 단지 휴지가 거칠어서만은 아닐 겁니다. 아마도 초라한 제 모습을 지우고 싶은 마음에, 거친 휴지로 얼굴을 심하게 문질렀기 때문일 테지요. 피부에 난 빨간 생채기만큼이나, 조지나의 마음에도 생채기가 났을 겁니다. 청소년의 성장에는 건강한 가족이 중요합니다. 물론 '정상' 가족이 반드시 건강한 것은 아니고, '정상'이라는 개념이 '비정상'이라는 배제를 전제하고 있다는 점도 확실합니다. 하지만 조지나처럼 불우한 가정의 청소년이 일반적으로 겪는 고통이 분명한 현실임을 부인할 수는 없습니다.

절망하는 엄마의 모습이 더 슬퍼

조지나가 개를 훔치기로 처음 결심한 계기는 루앤에게 제 처지를 들킨 것이지만, 그 결심을 확실하게 다지게 된 건 무엇보다도 절망하는 엄마의 모습을 보았기 때문입니다. 일자리를 잃은 엄마는 얼굴이 빨개지도록 울면서 "내가 이 세상에서 사라져 버리는 게 나을 것 같아"라며 절망합니다. 마음을 추스르고 겨우 얻은 끔찍하게 낡은 집에 도착했을 때, 그 집 문에는 "사유지이니 들어오지 마시오"라는 경고문이 쓰인 판자로 못이 박혀 있었습니다. 또 한 번의 좌절에 엄마는 오히려 아무런 반응이 없습니다.

엄마는 천천히 고개를 돌려 나를 쳐다보았지만, 엄마의 얼굴에서는 아무것도 보이지 않았다. 화가 난 것도 아니고 슬픈 것도 아니었다. 그냥 아무것도 없었다. 그러고 나서 엄마는 일어서서 담요며 이것저것을 주워 모았다.

Mama turned her head slowly and looked at me and her face didn't show anything. Not mad. Not sad. Not anything. Then she stood up and gathered the rest of the blankets and stuff.

아무런 감정도 보이지 않는 텅 빈 얼굴, 완전히 무너진 듯한 엄마의 모습에 개를 훔치겠다는 조지나의 결심은 더욱 단단해집니다.

차창 밖으로 지나가는 세상을 노려보며 나는 결심을 굳혔다. 무슨 일이 있어도 그 개를 훔치고 말리라.

I stared out at the world passing by my window and I made up my mind. I was definitely gonna steal that dog.

개를 훔치려는 계획을 세울 때부터 조지나의 자아는 둘로 쪼개집니다. 개를 훔치는 것이 나쁜 짓인 줄 알고 있기 때문입니다. "개를 훔치는 것은 완전 나쁜 짓이야"라고 말하는 조지나와 "넌 나쁜 상황에 빠졌어. 거기서 빠져나오려면 무슨 짓이라도 해야 해"라고 말하는 조지나가 끝없이 갈등합니다. 하지만 친구들 사이에서 소외감을 느낄 때, 그리고 엄마가 무너질 때, 자신이 처한 현재 상황이 고통스러울 때마다 개를 훔치겠다는 자아의 목소리가 점점 더 커집니다. 조지나에게 개를 훔친다는 것은 비참한 현실에서 벗어나고자 하는 심리적 도피의 의미가 강합니다.

나는 이 차의 구석구석이 다 싫었다. 핸들에 두 손을 얹고 운전하는 척해 보았다. 운전을 하고 또 하면서, 모든 것이 지겹다며 우리가 차에 살도록 내버려 두고 떠난 아빠를 나는 원망하고 또 원망했다.

나는 다비를 벗어나, 노스캐롤라이나를 벗어나 계속 계속 계속 운전해 나아갔다, 내가 갈 수 있는 곳까지. 이제 내가 해야 할 일이 홀가분하게 느껴졌다. 나는 그 작은 강아지 윌리를 훔쳐야만 한다. 무슨 일이 있더라도.

I hated every inch of that car. I put both hands on the steering wheel and pretended like I was driving. I drove and I drove, the whole time sending bad thoughts to my daddy for getting tired of it all and making us live in a car.

And as I drove along, out of Darby, out of North Carolina, on and on and on, as far as I could go, I felt better about what I had to do. I had to steal that little dog, Willy. No matter what.

물론 조지나가 진짜로 운전하는 것은 아닙니다. 상상 속에서 차를 몰고 이 현실을 벗어나고픈 마음을 표현한 것이지요. 차를 몰고 다른 곳으로 갈 수도 없는 조지나에게 개를 훔치는 것은 현실을 벗어나고픈 간절한 바람의 표현입니다.

"뒤에 남긴 발자국이 앞에 놓인 길보다 중요한 때도 있단다"

조지나가 문제를 해결하기 위해 생각해 낸 방법은 바로 돈입니다. 그런 생각을 하게 된 데는 엄마의 영향이 큽니다. 엄마는 매일 밤 돈을 벌게 해 달라는 간절한 기도를 올립니다. 매일 녹초가 되도록 두 가지 일을 해도 당장 모텔에 들어가 아이들과 하룻밤 편하게 지낼 돈도 벌지 못하는 엄마가 가장 갈구하는 것은 돈입니다. 이런 엄마를 볼 때마다 조지나는 개를 훔치겠다는 결심을 다지지요.

가정을 꾸리기 위해서 돈이 필요한 것은 사실입니다. 돈이 없으면 살 집도, 먹을 음식도 구할 수 없으니까요. 가정을 꾸리려면, 아니 현대 사회에서 인간이 생존하려면, 돈은 필수입니다. 경제적인 어려움 때문에 가정이 위기에 처하면, 아이들이 자칫 나쁜 일을 저지르도록 방치되거나 내몰리기도 하는 것이 현실입니다. 조지나 또한 가족을 위해 나쁜 일을 하는 상황에 빠집니다. 나쁜 상황에서 나쁜 선택을 한 조지나는 내면에서 들리는 양심의 소리로 괴롭습니다. 조지나가 그 상황에서 빠져나오기 위해서는 누군가의 도움이 필요합니다.

조지나에게 도움의 손길을 내준 사람은 무키 아저씨입니다. 하지만 무키 아저씨는 조지나의 문제를 돈이 아니라 다른 방법으로 해결해 줍니다. 무키 아저씨는 조지나가 훔쳐 온 윌리를 보살펴 주고, 고장 난 엄마 차를 고쳐 주어, 눈앞이 캄캄했던 조지나 가족이 일말의 희망을 갖고 거친 상황을 버티도록 힘이 되어 줍니다. 무엇보다도 무키 아저씨는 삶의 지혜와 조언으로 조지나를 돕습니다.

"때로는 네가 뒤에 남긴 발자국이 앞에 놓인 길보다 중요한 때도 있단다."

"Sometimes the trail you leave behind you is more important than the path ahead of you."

조지나에게 해 주는 무키 아저씨의 이 조언은 이 소설을 대표하는 문장으로 종종 인용되곤 합니다. 미래의 목표 혹은 목적보다는 지금 선택하는 방법, 혹은 과정이 중요하다는 뜻입니다. 원하는 목적지에 도달한다 해도, 뒤돌아보았을 때 자신이 걸어온 발자국이 어지럽다면 의미가 없다는 말입니다. 집을 구한다는 목적을 위해 개를 훔친 조지나가 새겨들어야 할 조언이지요. 잘못 휘저어 놓은 것은 더 잘못되기 전에 제자리로 돌려놓으라는 충고도 조지나가 개를 돌려주고 용서를 비는 용기를 내도록 이끄는 조언입니다.

무키 아저씨는 독특한 인생관으로 조지나에게 자신의 상황을 되돌아보고 올바른 결정을 내리도록 도와줍니다. 돈과 집을 절실하게 원하는 엄마와 달리, 무키 아저씨는 길에서 살면서 돈에 구애받지 않고 사람들을 도와주며 살아갑니다. 집을 가지기 위해서, 돈을 벌기 위해서 애쓰지 않고 자유롭게 이곳저곳을 떠돌며 도움이 필요한 곳에 도움을 주며 사는 사람입니다. 소유에 집착하지 않는 삶을 사는 인물이지요.

무키 아저씨가 살아가는 방식이 옳은 것만은 아닐 겁니다. 모든 사람이 길을 떠돌며 살고, 돈은 무시한 채 하고 싶은 것만 하며 살아갈 수는 없겠지요. 우리는 돈을 갈구하는 조지나의 엄마를 비난할 수 없습니다. 대부분의 평범한 사람은 가정을 이루며 정착해서 살아갑니다. 일해서 돈을 벌어 집을 구하고 자녀를 양육하지요. 이런 평범한 인간의 삶의 방식이 사회를 지탱하는 근본적인 힘이라는 사실은 부정할 수 없습니다.

그러나 무키 아저씨의 독특한 삶과 생각은 남들처럼 평범한 삶을 살기 위해 개를 훔치기까지 한 조지나에게 자신을 돌아볼 기회를 줍니다. 돈보다 소중한 것이 있습니다. 중요한 것은 올바른 선택을 하며 사는 것입니다. 집을 구하겠다는 이유로 남의 가족인 윌리를 훔친 조지나의 행동은 잘못된 것입니다. 잘못을 깨닫는 것, 그것이 중요합니다.

반성할 줄 아는 태도야말로 성장의 원동력

조지나는 비록 가족을 위해 개를 훔치는 나쁜 짓을 했지만, 정말로 중요한 것이 무엇인지 이미 알고 있습니다. 엄마가 직장을 잃고 겨우 구한 낡은 집에서도 쫓겨난 날, 조지나는 꿈을 꿉니다. 그 꿈은 개를 훔치려는 행동에 대한 조지나의 죄의식을 드러내고 있습니다.

그날 밤 나는 토비가 개로 나오는 꿈을 꾸었다. 녀석은 자동차 뒷자리 내 옆에 앉아 두 귀를 바람에 팔랑거리며 머리를 창밖으로 내밀고 있었다. 자동차는 달리고 달리고 또 달려서 마침내 길고 구불구불한 길 어귀에 들어섰다. 그 길은 성으로 이어져 있었다. 엄마는 거대한 성문 앞에 차를 세우고는 말했다.

"여기가 우리의 새집이란다!"

개 토비는 울음을 터뜨리며 원래 자신이 살던 집으로 돌아가고 싶다고 말했다.

That night, I dreamed Toby was a dog. He sat on the backseat beside me with his head stuck out the window, his ears flapping in the wind. We drove and drove and drove and then we pulled into a long, winding road that led to a castle. Mama stopped the car in front of the giant front door of the castle and said, "Here's our new house!"

Toby the dog started crying and saying how he wanted to go back home where he belonged.

꿈은 상징적인 방식으로 진실을 말합니다. 가족에게 최악의 상황이 닥치고 조지나가 개를 훔치리라 단단히 결심한 날, 꿈을 통해 드러난 조지나의 무의식은 으리으리한 성처럼 좋은 집보다 사랑하는 가족이 모여 사는 것 자체가 중요하다는 것을 말하고 있습니다. 예전에 살던 곳으로 돌아가고 싶다며 우는 개 토비는 앞으로 자신이 훔칠 윌리를 상징하지요. 아무리 좋은 곳으로 가더라도, 사랑하는 가족과 이별해야 한다면 그보다 고통스러운 것은 없을 겁니다. 윌리는 단지 개가 아니라, 누군가의 가족입니다. 개를 훔치는 것은 가족을 납치하는 것과 다름없는 짓입니다.

결국 조지나는 자신이 저지른 일을 반성하고 윌리를 카멜라 아주머니에게 돌려줍니다. 허물어져 가는 낡은 집에서 고생하는 윌리와 가족인 윌리를 잃고 슬퍼하는 카멜라 아주머니의 모습에 조지나는 양심의 가책을 받았지요. 카멜라 아주머니는 조지나가 기대했던 그런 부자가 아니었습니다. 조지나가 카멜라 아주머니에게서 본 것은 돈이 아니라 가족을 잃은 슬픔이었습니다.

그러는 사이 조금씩 조지나 가족도 상황이 나아졌습니다. 혼자 아기를 키우는 루이즈 아주머니 집에서 집세를 나누어 내고 아기도 돌보면서 같이 살기로 한 것이죠. 온전한 자기 집이 아니고 자기 방도 갖지 못했지만 조지나는 이제 혼자 쓰는 침대가 생겼습니다. 남편과 아빠가 없는 두 가정이 한집에서 서로 돕고 살기로 한 것입니다. 아빠, 엄마, 아이로 구성된 '정상' 가족이 아니더라도 서로 도우며 얼마든지 행복하게 살 수 있는 거죠.

자칫 우울해질 수도 있는 주제이지만, 『개를 훔치는 완벽한 방법』은 경쾌하고 발랄한 느낌을 줍니다. 주인공 조지나가 능동적인 아이여서일 겁니다. 조지나는 어려운 처지에도 좌절하지 않고 상황을 타개해 나가려고 노력하는 아이입니다. 엄마에게 대들고 동생을 구박하지만, 이들을 진심으로 사랑하지요. 또 잘못을 알고 나서는 깊이 반성합니다. 카멜라 아주머니에게 잘못을 숨기지 않고 용서를 비는 모습은 용기 없이는 불가능합니다.

무엇보다도 조지나는 자신에게 질문할 줄 아는 아이입니다. 그것은 바로 도덕적 양심을 지녔음을 말합니다. 자신의 행위에 대해 "너는 지금 무얼 하고 있니?"라는 질문을 통해, 조지나는 성찰하고 도덕적으로 성장해 나갑니다. 그래서 가정을 이루는 정말 중요한 것은 돈이 아니라 사랑이라는 것을 깨닫게 됩니다.

마지막으로, 무키 아저씨의 존재도 이 소설에서 중요합니다. '정상' 혹은 '상식'이라는 개념은 우리 사회를 지탱하는 중요한 가치이지만, 때로 그것에서 벗어나 다른 시각을 갖는 것도 도움이 됩니다. 돈이나 집 같은 물질적 가치에서 한 걸음 비켜나서 자유롭게 살아가는 무키 아저씨 덕에 조지나는 그토록 큰 문제였던 돈과 집을 다시 생각하게 됩니다. 자칫 가족을 위해 나쁜 선택의 길로 빠져들 뻔했던 조지나는 아저씨의 조언에 따라 자신이 뒤에 남긴 발자국을 돌아보고 얼른 올바른 발걸음으로 길을 바꾸었습니다.

우리는 때로 조지나처럼 가족을 위해, 혹은 다른 무엇을 위해 나쁜 선택을 할 수도 있습니다. 이럴 때, 앞에 놓인 길보다는 뒤에 남긴 발자국을 보라는 무키 아저씨의 조언은 늘 가슴에 새겨야 할 삶의 지혜입니다.

8

고려청자 도공에 깃든 노동과 예술의 정신

린다 수 박의 『사금파리 한 조각』

린다 수 박(Linda Sue Park)은 1960년 미국 일리노이주에서 출생한 한국계 미국인입니다. 스탠퍼드 대학에서 영어영문학을 전공하고, 아일랜드 더블린에 있는 트리니티 대학과 영국 런던에 있는 버크백 대학에서 아일랜드 문학과 영국 문학을 전공했습니다. 서구 문학을 깊이 연구하는 한편 한국적인 것에도 관심을 기울여 작품에 담아냈습니다. 한국의 수놓기를 소재로 한 『널뛰는 아가씨(Seesaw Girl)』가 그 첫 결과물이었습니다. 이후 고려 시대 도공의 이야기인 『사금파리 한 조각(A Single Shard)』으로 뉴베리상을 받았으며, 연싸움을 소재로 한 『연싸움(Kite Fighters)』과 국궁을 소개한 글로 국내에 '내 친구 주몽'으로 번역된 『Archer's Quest』 등을 잇달아 발표했습니다. 한국에 관한 것뿐만 아니라 아프리카의 기근 문제를 다룬 『우물 파는 아이들(A Long Walk to Water)』, 미국 내 유색인종 차별 문제를 그린 『초원의 연꽃(Prairie Lotus)』 등 다양한 소재의 글로 독자들의 사랑을 받고 있습니다.

2002년 뉴베리상 수상 소감에서 작가는 **『사금파리 한 조각』**이 "연결(connections)"에서 왔다고 밝힙니다. 이 작품이 고려청자라는 우리 고유의 전통문화를 다루고 있지만, 다른 문화권의 이야기와 이미지들, 그리고 서양인이 본 한국의 모습 등을 떠올리며 썼다는 것입니다. 목이가 길을 떠나는 설정은 개리 폴슨(Gary Paulson)의 『손도끼(Hatchet)』 같은 모험 이야기에서 왔으며, 목이가 민 영감의 견습으로 들어가 일하는 설정은 엘리자베스 트레비뇨(Elizabeth Boton de Trevino)의 1966년 뉴베리상 수상작인 『나, 후안 데 파레하(I, Juan de Pareja)』의 영향을 받았다고 합니다. 작가가 어린 시절 매우 감명 깊게 읽은 이 소설은 흑인 노예 소년의 이야기를 그렸습니다. 그 밖에도 한국의 지리와 관련해서 사이먼 윈체스터(Simon Winchester)가 쓴 한국 여행기인 『Korea: A Walk Through the Land of Miracles』의 도움을 많이 받았다고 말합니다. 우리의 전통문화가 타 문화와의 교섭과 연결을 통해 새롭게 조명되고 재창조된다는 것을 드러낸 수상 소감입니다.

'슬기로운 인간(wise man)'을 의미하는 호모 사피엔스라는 용어가 사용된 이래, 인간을 규정하는 다양한 표현들이 만들어졌습니다. 놀이를 인간의 본성으로 보는 호모 루덴스, 언어를 쓰는 존재로 인간을 규정하는 호모 로퀜스, 경제 활동에 초점을 둔 호모 이코노미쿠스가 있습니다. 노동을 인간의 중요한 본성으로 볼 때는 호모 라보란스라는 말을 쓰기도 합니다. 인간은 노동을 통해 삶을 이어 가므로 충분히 설득력 있는 용어라고 할 수 있습니다.

시대와 사상에 따라 노동을 보는 관점 또한 다양합니다. 예를 들어 고대 노예제 사회에서 노동은 노예들이나 하는 천한 것이었습니다. 귀족이 여가를 즐기는 동안 노동은 노예의 몫이었지요. 개신교에서는 노동을 신에게 받은 소명으로, 이웃 사랑의 실천이며 윤리적 행위라고 봅니다. 노동에 대한 또 하나의 관점은 가치를 창출하고 자아를 실현하는 과정으로 보는 것입니다. 이에 따르면 노동은 인간을 존엄하고 가치 있게 만드는 수단이며, 아름다움과 즐거움, 즉 예술의 근본입니다.

윌리엄 모리스(William Morris)는 노동을 가치 창출과 예술의 근본으로 보는 관점을 대표하는 인물입니다. 19세기 영국에서 공예 디자이너이자 화가, 시인, 소설가, 사업가로 활동했던 그는 『노동과 미학』에서 "예술이란 훨씬 더 큰 범위로 정신적이고 육체적인 인간의 노동에서 나온 아름다움, 이 지구상에 있는 모든 주변 환경을 포함한 인간의 삶 속에서 그 사람이 취하는 관심의 표현, 즉 삶의 기쁨"이라고 주장했습니다. 예술이란 단지 회화, 조각, 건축 등 이른바 '예술작품'에 국한된 것이 아니라는 것입니다. 평생을 부지런하게 노동하며 예술작품을 생산했던 그는 노동이란 "인간의 자존감을 높이고 삶에 존엄을 더하는 것"이며 장인 정신의 구현으로 삶의 기쁨을 주는 예술과 분리될 수 없다고 했습니다.

한국계 미국인 작가 린다 수 박이 고려 시대 고아 소년 목이를 주인공으로 해서 쓴 소설 『사금파리 한 조각』은 윌리엄 모리스의 노동과 예술관을 떠올리게 합니다. 아기 때 부모를 잃고 다리 밑에서 살고 있던 두루미 아저씨에게 내맡겨진 목이는 먹고살기 위해 늘 일을 해야 했습니다. 도공 민 영감의 도자기를 보면서 아름다운 도자기를 굽고 싶어진 목이는 민 영감에게서 배우며 도공으로 성장해 갑니다. 소설은 목이가 두루미 아저씨와 민 영감에게서 노동과 예술에 대한 올바른 관점과 태도를 배워 가는 과정을 그려 냅니다. 두루미 아저씨와 민 영감이 목이에게 가르친 노동과 예술에 대한 태도는 노동이 인간을 존엄하게 만들며, 예술작품이란 장인 정신의 구현이라는 모리스의 노동관과 매우 닮았습니다.

소설의 무대는 고려청자의 생산지 부안 줄포입니다. 작가는 소설 후기에서 독특하고 뛰어난 예술성을 자랑하는 고려청자가 오랜 세월 무시당해 온 안타까움을 표현하고 있는데, 그런 마음이 이 소설을 쓴 동기로 읽힙니다. 민 영감이 고아인 목이를 양자로 맞으며 형필이라는 이름을 지어 주는 것은 일제 치하에서 우리 문화유산을 지켜 낸 전형필 선생에 대한 존경을 담은 것입니다.

"노동은 사람을 품위 있게 만든다"

『사금파리 한 조각』의 주인공 이름인 목이는 죽은 나무나 낙엽 속에서 자라는 목이버섯에서 따온 것입니다. 두루미 아저씨 말대로 고아에게 썩 잘 어울리는 이름이지요. 두루미 아저씨는 다리를 못 쓰는 장애를 갖고 태어났습니다. 두루미 아저씨 가족은 모두 아팠고 치료에 온 재산을 쓰는 바람에 다리 밑 생활에 이르게 되었습니다. 목이와 두루미 아저씨 모두 뼈 빠지게 일해야 겨우 한 끼니를 때울 수 있습니다. 이렇게 고되고 비참한 삶 가운데서도 두루미 아저씨는 목이에게 노동의 가치를 가르칩니다.

이 소설은 초입부터 정직하고 성실한 노동이라는 주제를 다루고 있습니다. 목이는 가마니가 부실해 쌀을 흘리며 가는 농부를 발견하고 쌀을 흘리고 있다는 사실을 알려 주어야 하나 고민합니다. 말없이 좀 더 기다리면 더 많은 쌀을 주울 수 있겠지만 왠지 나쁜 짓을 하는 것 같았습니다. 목이는 결국 농부에게 쌀이 새고 있다는 것을 말해 줍니다. 농부는 자신이 가마니를 촘촘해지도록 진득하게 참고 만들지 못한 대가를 치르고 있다며 목이에게 쌀을 주워 가도록 허락합니다.

모든 일에는 대가가 따르게 마련입니다. 농부는 인내심을 갖고 성실하고 꼼꼼하게 가마니를 짜지 못한 대가를 치러야 했고, 쌀이 새고 있다는 것을 알린 목이는 정직함의 대가로 쌀을 줍도록 허락받았습니다. 쌀 한 톨 한 톨을 줍는 노력의 대가로 목이는 맛있는 밥을 먹을 수 있었습니다.

정직함과 노동의 대가라는 주제는 도공 민 영감을 통해서도 이어집니다. 목이는 민 영감의 작품에 매료돼 넋을 잃고 보다가 그만 작품을 깨뜨리고 맙니다. 그 대가로 아흐레 동안 민 영감의 집에서 일해야 했습니다. 그 노동은 너무도 힘들었지만, 목이는 꾹 참아 냅니다. 아흐레가 지나 일을 더 하지 않아도 되었지만, 도자기에 관심이 많았던 목이는 계속 일하게 해 달라고 민 영감에게 간청해 허락을 얻습니다. 품삯 대신 민 영감 집에서 제공하는 점심을 먹을 권리를 얻게 됩니다. 이제 목이의 노동은 자신이 저지른 실수의 대가가 아닙니다. 노동의 정당한 대가로 받게 된 조촐한 점심이 임금님의 잔칫상 부럽지 않은 이유입니다.

목이는 젓가락을 집어 들고 잠깐 빤히 쳐다봤다. 한 가지 사실만은 확신할 수 있었다. 궁궐에서 먹는 잔칫상도 지금 자기 앞에 놓인 이 조촐한 음식보다 더 좋을 수는 없다는 것이다. 왜냐하면, 이것은 목이 자신이 직접 일해서 번 것이었기 때문이다.

Tree-ear picked up the chopsticks and stared for a moment. Of one thing he was certain: The feast-day banquets in the palace of the King could never better the modest meal before him, for he had earned it.

목이는 자신이 받은 호의나 은혜를 반드시 자신의 노동으로 갚았습니다. 목이는 민 영감 부인에게서 받는 점심 바가지 안 음식을 반만 먹습니다. 나머지 절반은 집에 가져가서 두루미 아저씨께 드리기 위해서지요. 이를 안 민 영감 부인은 목이가 숨겨 둔 바가지에 매번 밥을 가득 채워 줍니다. 덕분에 목이와 두루미 아저씨는 매일 푸짐한 저녁을 함께 먹을 수 있었습니다. 이렇게 신세만 지고 있을 수 없었던 목이는 일이 끝나고 매일 물통에 물을 길어다 놓습니다. 자신의 노동으로 대가는 반드시 치르겠다는 목이의 정직함과 자존심을 엿볼 수 있는 부분입니다.

이러한 목이의 성품과 노동에 대한 자세는 두루미 아저씨에게 배운 것입니다.

목이는 두루미 아저씨한테서 가르침을 받았다. 숲과 쓰레기 더미를 뒤지고 가을날 땅바닥에 떨어진 낟알을 줍는 것, 이것들은 시간과 노동을 들여서 한 끼니를 먹는 떳떳한 행동이라고. 하지만 훔치고 구걸하는 일은 사람을 개나 다름없이 만든다고 두루미 아저씨는 말했다. "노동은 사람을 품위 있게 해 주지만, 도둑질은 사람에게서 품위를 빼앗아 가는 거야." 두루미 아저씨는 종종 이렇게 말했다.

Tree-ear had learned from Crane-man's example. Foraging in the woods and rubbish heaps, gathering fallen grain-heads in the autumn — these were honorable ways to garner a meal, requiring time and work. But stealing and begging, Crane-man said, made a man no better than a dog. "Work gives a man dignity, stealing takes it away," he often said.

두루미 아저씨가 말하는 "사람을 품위 있게 해 주는" 노동은 바로 윌리엄 모리스가 주장한 "인간에게 자존감을 주는 노동"입니다.

"비색 광채와 물처럼 투명한 빛깔"

두루미 아저씨에게서 정직하고 성실한 노동의 가치를 배운 목이는 도공 민 영감에게서 예술적 완벽을 추구하는 끈질긴 노동 정신을 배웁니다. 무서울 정도로 완벽을 추구하는 집중력과 노동을 통해 민 영감은 보통 사람은 결코 이해하지 못하는 섬세한 차이를 잡아냅니다. 민 영감은 꽃병 하나 만드는 데 두 달을 공들이고도 만족하지 않으면 가차 없이 도자기를 깨뜨려 버립니다.

민 영감은 늘 자기가 빚은 첫 번째 작품에 퇴짜를 놓았다. 그러고는 모든 과정을 되풀이하곤 했다. 오늘도 목이는 민 영감이 마침내 만족하기까지, 진흙 도자기가 네 개나 들렸다 내던져지는 걸 보았다. 네 작품이 목이는 다 똑같아 보였다. 하지만 네 번째 작품의 무언가가 민 영감을 만족시켰다. 그는 기다란 실을 솜씨 있게 도자기 밑으로 집어넣어 물레에서 떼어 내 조심스레 쟁반 위로 옮겨 놓고는 말렸다.

Min never failed to reject his first attempt. Then he would repeat the whole process. This day Tree-ear was able to watch the clay rise and fall four times before Min was satisfied. Each of the four efforts had looked identical to Tree-ear, but something about the fourth pleased Min. He took a length of twine and slipped it deftly under the vase to release it from the wheel, then placed the vase carefully on a tray to dry.

사람들은 민 영감을 "거북이 같은 장인"이라고 말합니다. 민 영감은 젊은 시절부터 인정받는 도공이었지만 완벽한 작품만을 고집했기 때문에 제작 속도가 매우 느렸지요. 그래서 큰돈을 주는 주문도 많이 놓쳤습니다. 손님은 해마다 줄고 수익도 얼마 되지 않았습니다. 이윤추구를 위해 날림으로 만들어서는 안 된다고 주장한 모리스가 생각나는 지점입니다.

작품에 혼신을 불어넣는 예술가 민 영감을 작가는 다음과 같이 묘사합니다. 왕실에 도자기를 납품하는 것이 꿈인 민 영감이 왕실 감도관에게 내놓을 작품 제작에 몰입하는 광경입니다.

> 민 영감은 마치 신들린 사람 같았다. 그는 거의 먹지도 자지도 않았다. 햇빛 속에서 일하건 등잔 불빛 아래에서 일하건, 그의 눈은 언제나 무섭게 이글거렸다. 처마 아래 작업장의 대기도 불안한 속삭임들과 쉿 소리들로 술렁거리는 듯했다. 왕실 감도관이 곧 돌아올 것이었다.
>
> Min was like a man with a demon inside him. He ate little, slept less, and whether he worked by daylight or lamplight, his eyes always seemed to glitter with ferocity. Tree-ear felt that the very air in the workspace under the eaves was alive with whispers and hisses of anxiety; the emissary would be returning very soon.

민 영감이라는 열정적인 장인의 아우라가 잘 표현된 구절입니다. 그의 장인 정신과 열정은 작업장의 대기를 지배하는 듯합니다.

또 다른 도공 강 영감은 민 영감의 장인 정신과 대비되는 인물입니다. 강 영감도 뛰어난 도공입니다. 그는 특수 기술을 개발하여 감도관의 이목을 끌고, 결국 그해 왕실 납품을 따낼 정도로 실력이 있습니다. 그러나 강 영감은 장인으로 불리기에는 부족한 점이 있습니다.

국화.

수십 송이 국화. 모든 그릇에 — 꽃이 활짝 핀 술잔과 물 주전자와 꽃병과 사발에 이르기까지 — 꽃잎 여덟 장의 단순한 꽃들이 눈길을 끌었으며, 결코 놓아주지 않겠다는 듯 마음을 사로잡았다. 강 영감의 그릇이 지닌 자잘한 결점들은 순백색 꽃에서 나온 듯한 광채 속에 사라졌다.

Chrysanthemums.

Dozens of them. On every vessel — blooming from wine cups and jugs and vases and bowls — the simple eight-petaled flowers caught one's attention and seized it as if they would never let go. The slight imperfections of Kang's vessels disappeared in the light that seemed to blaze from the pure-white blossoms.

강 영감은 민 영감처럼 끈질기게 완벽을 추구하는 대신 화려한 기술로 결점을 가립니다. 빠르게 물건을 만들고 사람의 눈길을 사로잡지만 감도관이 느끼듯 뭔가 부족합니다. 민 영감이 장인 정신으로 빚어낸 오리 주전자의 살아서 꽥꽥 소리를 낼 것만 같은 섬세함과 정교함과 대비됩니다. 민 영감이 빚은 청자 매병의 아름다움을 소설에서는 이렇게 묘사합니다.

목이는 민 영감의 물레가 빚어내는 매화 꽃병의 균형미를 좋아했다. 민 영감과 함께 지내기 시작한 초창기 어느 봄날에, 목이는 민 영감이 완성한 꽃병에다 매화나무 가지를 꽂고 서로 잘 어울리는지 확인하는 것을 본 적이 있다.

꽃병의 부드러운 곡선과 신비로운 초록빛. 매화나무 잔가지의 날카로움과 가벼운 흰 꽃 무리 속에서 두드러지게 드러나는 검은 빛깔. 한 인간의 작품이자, 자연의 작품이었다. 땅의 진흙과 하늘의 매화 가지가 어우러진. 어떤 평화로운 느낌이 목이의 몸과 마음에 퍼져 나갔다. 꽃병과 꽃병에 꽂힌 나뭇가지를 바라볼 때면, 이 세상에 잘못될 일은 하나도 없는 것 같았다.

Tree-ear loved the symmetry of the prunus vases that grew on Min's wheel. Once, back in the spring during his early days with Min, he had watched the potter place a plum branch in a finished vase to judge the effect.

The gentle curves of the vase, its mysterious green color. The sharp angles of the plum twigs, their blackness stark amid the airy white blossoms. The work of a human, the work of nature; clay from the earth, a branch from the sky. A kind of peace spread through Tree-ear, body and mind, as if while he looked at the vase and its branch, nothing could ever go wrong in the world.

단지 인간의 손재주만이 아니라, 인간의 기술이 자연과 조화할 때, 우리는 그것을 진정한 예술작품이라 칭합니다. 민 영감의 매병은 바로 이런 진정한 예술의 경지를 보여 줍니다. 목이는 이 청자 매병을 송도에 있는 감도관에게 가져다주는 임무를 맡았습니다. 하지만 도중에 도적을 만나 그만 청자가 깨지고, 목이는 그 깨어진 매병의 사금파리 한 조각을 들고 왕실로 갑니다. 민 영감의 청자 매병은 사금파리 한 조각만으로도 신비한 아름다움을 뽐냅니다. 왕실 감도관이 감탄하듯이, "비색 광채와 물처럼 투명한 빛깔(Radiance of jade and clarity of water)"을 발하고 있었습니다.

"하루에 마을 하나씩, 이게 네가 송도까지 갈 방법이란다"

두루미 아저씨는 고아가 된 목이의 목숨을 살려 주었을 뿐 아니라, 정신적이고 도덕적인 성장을 이끌어 주었습니다. 목이가 고통스러운 굶주림 속에서도 정직하고 성실한 인간으로 자랄 수 있었던 것은 두루미 아저씨의 가르침 덕분입니다. 두루미 아저씨는 세상을 살아가는 지식과 노동의 가치를 가르쳤을 뿐 아니라, 인간을 사랑하고 배려하는 마음도 가르쳤습니다. 그 결실로 목이는 민 영감네에서 점심 도시락을 다 먹은 자신을 부끄러워할 줄 아는 사람으로 성장한 것입니다.

두루미 아저씨의 여러 조언 가운데 송도로 길을 떠나는 목이에게 해 주는 조언은 특히 인상 깊습니다.

"네 마음은 네가 송도에 갈 거라는 사실을 알고 있어. 하지만 네 몸한테는 그것을 알려 주면 안 돼. 네 몸은 언덕 하나, 골짜기 하나, 하루에 하나씩이라고 생각해야 해. 이렇게 하면 발걸음을 떼기도 전에 마음이 지치는 일은 없을 거야. 하루에 마을 하나씩. 이게 네가 송도까지 갈 방법이란다 목이야."

"Your mind knows that you are going to Songdo. But you must not tell your body. It must think one hill, one valley, one day at a time. In that way, your spirit will not grow weary before you have even begun to walk. One day, one village. That is how you will go, my friend."

두루미 아저씨는 불의의 사고로 세상을 떠나지만, 아저씨의 가르침은 목이에게 어떻게 도공의 길을 가야 하는지도 일깨워 줍니다.

그런 꽃병에 적합한 무늬를 새기는 솜씨를 갖추기까지 얼마큼의 시간이 걸리게 될까? *언덕 하나, 골짜기 하나*… 하루에 하나씩, 그는 아마도 그런 방식으로 여러 해 여행하다 보면 마침내 완벽한 무늬를 새기게 될 것이다.

How long would it be before he had skill enough to create a design worthy of such a vase? *One hill, one valley*… One day at a time, he would journey through the years until he came upon the perfect design.

하루에 하나씩, 꾸준히 나아가라는 두루미 아저씨의 가르침은 도공의 길에 대한 조언이자 인생의 길을 어떻게 걸어가야 하는지에 대한 조언이기도 합니다.

『사금파리 한 조각』은 청자상감구름학무늬매병에 대한 소개로 마무리됩니다.

이 꽃병의 가장 두드러진 점은 복잡한 상감 무늬이다. 마흔여섯 개의 원형 돋을새김 무늬 각각이 바깥쪽에 흰 동그라미와 검정 동그라미로 이루어졌다. 무늬를 새기고 엄청난 기술로 상감 세공을 한 각 동그라미 안에, 우아하게 날아가는 학이 새겨져 있다. 원형 돋을새김 무늬 사이로 구름이 떠가고, 좀 더 많은 학이 구름 속으로 솟아오르고 있다. 유약은 농도가 옅은 청자색이다.

이 작품은 "청자상감구름학무늬매병"으로 불린다. 꽃병을 만든 이는 누군지 알려지지 않았다.

The vase's most remarkable feature is its intricate inlay

work. Each of the forty-six round medallions is formed by a white outer ring and a black ring. Within every circle, carved and then inlaid with great skill, there is a crane in graceful flight. Clouds drift between the medallions, with more cranes soaring the clouds. And the glaze is a delicate shade of grayish green.

It is called the "Thousand Cranes Vase." Its maker is unknown.

여기서 학은 순우리말로 두루미입니다. 매병에 새겨진 구름 위를 날아다니고 있는 두루미는 두루미 아저씨를 떠올리게 합니다. 이 매병의 이름이 알려지지 않은 도공은 아마도 도공으로 성장한 목이가 아닐까요? 두루미 아저씨에 대한 그리움과 사랑, 감사의 마음을 담아 아름다운 청자 매병을 만들어 내는 목이의 모습을 상상해 봅니다.

9

마오리족 신화와 현실의 만남

위티 이히마에라의 『웨일 라이더』

위티 이히마에라(Witi Ihimaera)는 1944년 뉴질랜드의 기스본에서 태어났습니다. 마오리 원주민 출신인 그는 1972년에 발표한 『포나무 포나무(Pounamu Pounamu)』로 소설집을 펴낸 첫 번째 마오리족 작가가 되었습니다. 마오리족의 문화와 정체성, 사회 문제 등을 주제로 한 다수의 작품을 썼으며, 『웨일 라이더(The Whale Rider)』로 세계에 이름을 알렸습니다. 그는 우체부, 외교관, 오클랜드 대학 교수 등 다양한 직업을 거쳤습니다. 1986년에는 퀸즈 서비스 메달(the Queen's Service Medal)을 받았으며, 문학에 기여한 공로를 인정받아 뉴질랜드 훈장 등 수많은 상을 받았습니다.

『웨일 라이더』는 사멸해 가는 자연을 대표하는 고래와 소통하고 하나가 될 운명을 지닌 소녀 카후의 이야기입니다. 웨일 라이더 신화를 중심으로 뉴질랜드 원주민 마오리족의 전통과 정신을 그려 내고 있습니다. 소설 중간중간에 마치 주술처럼 되풀이되는 마오리 원주민 언어가 신비함을 더합니다. 책의 맨 뒤에 마오리족 언어가 영어로 풀이되어 있어 찾아보며 읽는 재미도 있습니다. 1987년에 출간된 이 소설은 2002년 영화로 제작되어 토론토 국제 영화제와 선댄스 영화제에 초청되어 상을 받았고, 뉴질랜드뿐 아니라 다른 여러 나라에서도 많은 사랑을 받았습니다.

우리에게 단군 신화가 있듯 오랜 역사를 가진 민족에는 대부분 신화가 있습니다. 유럽에는 그리스로마 신화, 오딘 신화, 켈트 신화 등이 있고, 동양에는 중국, 일본, 필리핀 등지의 여러 종족 설화나 신화가 존재합니다. 정신분석학자 칼 융은 인간의 심리를 규정하는 요소 중 하나로 집단 무의식을 듭니다. 이 집단 무의식은 주로 민족 특유의 종교 의례나 민담, 신화의 형태로 그 구성원의 심리와 정체성 형성에 큰 영향을 줍니다. 단군 신화에 등장하는 곰의 끈기나 홍익인간 정신이 21세기를 사는 우리에게 알게 모르게 내면화되었을 수 있습니다.

『웨일 라이더』는 뉴질랜드 연안 마오리족의 신화를 다룬 소설입니다. 마오리족 신화에 따르면 마오리족은 약 천 년 전 위치가 분명하지 않은 하와이키(Hawaiki)라는 섬에서 카누를 타고 뉴질랜드로 이주했습니다. 그중에 고래를 타고 뉴질랜드의 왕가라(Wangara) 마을에 정착한 파이키아(Paikea)라는 인물이 있었습니다. '고래 타는 사람'이라는 뜻의 『웨일 라이더』는 이 파이키아 신화에서 출발하는 소설입니다.

왕가라 마을 마오리 부족장인 코로 아피라나(Koro Apirana)에게 증손녀가 태어납니다. 아피라나의 장손인 포루랑기의 딸입니다. 아피라나는 남자아기가 아닌 것에 매우 실망하지만, 부모는 아피라나의 반대를 무릅쓰고 아기의 이름을 최초의 웨일 라이더이자 부족의 선조와 같은 이름인 카후티아 테 랑기(Kahutia-te-rangi)라고 짓고, 아기의 탯줄을 왕가라 마을 중심부에 묻습니다. 남자만이 웨일 라이더가 될 수 있다는 전통을 고수하는 부족장 코로 아피라나와 웨일 라이더가 될 운명을 지니고 태어난 소녀 카후의 이야기가 이 소설의 한 축입니다.

다른 축은 먼 옛날 최초의 웨일 라이더였던 카후티아 테 랑기가 타고 온 고래 이야기입니다. 지금도 고래 무리를 이끌며 태평양 바다를 헤엄치는 영감 고래(ancient bull whale)는 먼 옛날 웨일 라이더와 즐거웠던 시절을 그리워합니다. 이 영감 고래와 소녀 웨일 라이더 카후의 만남이 이 소설의 클라이맥스입니다.

위티 이히마에라는 웨일 라이더 신화를 통해 자연과 인간의 "하나됨(oneness)"에 대한 열망을 표현하고 있습니다. 고래와 인간이 서로 소통하던 시기는 생명이 탄생하던 신화적 시기였습니다. 고래 등을 타고 온 웨일 라이더는 인간의 땅에 생명의 창을 던져 갖가지 생명체를 만들어 냅니다. 하지만 웨일 라이더가 왕가라 마을에 정착하면서 고래와 결별하고, 고래는 오랜 세월 슬픔에 잠긴 채 바다를 떠돌았습니다. 고래가 그렇게 견뎌 오는 동안 세상은 원자폭탄이 터지고 방사능 물질이 바다를 오염시키는 곳으로 바뀌었습니다. 웨일 라이더의 후손 카후와 고래가 재결합하는 설정으로 작가는 인간과 자연의 조화로운 공존에 대한 희망을 담아냅니다.

『웨일 라이더』는 신화와 현실이 공존하는 설정을 독특한 구조와 언어를 통해 구현합니다. 소설의 구조는 프롤로그, 봄/여름/가을/겨울로 구성된 중간 부분, 에필로그로 짜여 있습니다. 프롤로그는 뉴질랜드에 사람이 정착하기 전 바다와 땅이 인간을 간절히 기다리다 마침내 카후티아 테 랑기가 고래를 타고 나타나 새로운 생명을 창조하는 신화적 세계를 묘사합니다. 중간 부분 사계절은 최초의 웨일 라이더를 등에 태워 온 고래에 대한 설명으로 시작해 소녀 카후의 삼촌인 라위리(Rawiri)의 서술로 이어지는 구조입니다. 이 부분에서는 신화/자연의 세계와 현재/현실의 세계가 공존합니다. 에필로그는 현재의 웨일 라이더인 소녀 카후와 고래가 만나는 부분으로, 고래와 라위리, 자연과 인간이 뒤섞여 등장합니다.

이런 이야기 구조에 맞추어 장마다 언어도 달라집니다. 신화의 세계인 프롤로그는 시적 언어와 음악성, 의인화가 두드러져 보입니다. 인간의 출현을 기다리는 희망과 기다림의 언어입니다. 중간 부분에 등장하는 고래의 서술은 기억과 슬픔의 언어입니다. 영어가 아닌 마오리족 언어가 많이 쓰입니다. 라위리의 이야기는 마오리 신화를 설명하고 소녀 카후를 관찰하며 현실에서 벌어지는 자연 파괴와 인종 차별 등을 묘사합니다. 가장 현실적인 언어입니다. 에필로그는 카후를 통해 인간과 자연의 "하나됨"에 대한 기원을 그려 내고 있습니다.

프롤로그: 신화의 언어

신화는 상상의 세계를 그리기 때문에 흔한 일상 언어가 아니라 마치 시를 읽는 듯한 음악성과 상징성이 있습니다. 이 소설의 서두인 프롤로그 또한 산문이지만 그러한 음악성이 있고, 자연물은 단순한 물질이 아니라 생각과 감정을 가진 존재들로 의인화됩니다.

프롤로그의 첫 문단 문장들을 아래 고딕체 모음에 강세를 두어 천천히 읽다 보면 시적인 운율이 느껴집니다.

In the **o**ld d**a**ys, in the y**ea**rs that have g**o**ne before **u**s,
the l**a**nd and s**ea** f**e**lt a great **e**mptiness, a y**ea**rning.
The m**ou**ntains were l**i**ke a st**ai**rway to h**ea**ven, and the l**u**sh
gr**ee**n rainf**o**rest was a t**i**ppling clo**a**k of many c**o**lors.
The sk**y** was irid**e**scent, sw**i**rling with the p**a**tterns of w**i**nd
and cl**ou**ds;

s**o**metimes it refl**e**cted the pr**i**sms of r**ai**nbow or southern **au**rora.

The s**ea** was ever-ch**a**nging, sh**i**mmering and s**ea**mless to the sk**y**.

Th**i**s was the w**e**ll at the b**o**ttom of the w**o**rld,

and when you l**oo**ked into it you f**e**lt you could s**ee** to the **e**nd of for**e**ver.

오랜 옛날, 우리가 있기 전,

육지와 바다는 느꼈다, 거대한 공허, 갈망을.

산들은 천국으로 가는 계단 같았고, 우거진

푸르른 열대우림은 여러 색깔의 망토로 물결쳤다.

바람과 구름의 갖가지 무늬와 빛으로 소용돌이치는 하늘;

때때로 그것은 무지개나 남쪽 오로라를 비추었다.

끊임없이 변하는 바다는 희미한 빛으로 일렁이며 하늘로 매끄럽게 닿아 있었다.

이것은 세상 밑바닥에 있는 우물,

만일 들여다본다면, 영원의 끝을 보는 듯할 것이다.

시 한 줄에 다섯 개의 강세가 있는 운율을 '약강 5보격(pentameter)'이라고 합니다. 현대 시는 운율을 전통 시만큼 엄격히 지키진 않지만 느슨한 형태로나마 지닌 경우가 많습니다. 위에 인용된 문단은 대체로 약강 5보격의 운율을 보여 줍니다.

시적 언어의 또 다른 특징은 음의 반복입니다. 이 프롤로그는 이러한 음의 반복이 많은데 예를 들면 다음과 같습니다.

The forests were loud with the **clatter** of tree bark, **chatter** of cicada, and the **murmur** of fish-laden streams.

숲은 나무껍질의 딸그락거림, 매미의 재잘거림, 그리고 물고기로 가득 찬 개울의 웅성거림으로 소란스러웠다.

'cl**atter**'와 'ch**atter**'에서 '-**atter**'를 반복하고, 'clatt**er**', 'chatt**er**', 'murm**ur**'에서 '**er**'를 반복합니다. 같은 음을 매우 자주 되풀이하는 문장도 있습니다.

Waiting, **Waiting for the** seed**ing**, **Waiting for the** gift**ing**, **Waiting for the** bless**ing** to come.

기다리고 기다렸다. 생명의 씨앗을, 선물을, 다가올 축복을.

오랜 옛날, 주술사들이 마법을 부리기 위해 외웠던 주문을 'incantation'이라고 합니다. 주문은 음의 반복을 통해 마법적 힘을 발휘합니다. 아브라카다브라(Abracadabra)나 셰익스피어의 『맥베스』에 등장하는 세 마녀의 주문 같은 경우입니다.

Double, double, toil and trouble;

Fire, burn; and, cauldron, bubble.

초자연적인 주제를 다루는 신화는 이런 주문처럼 반복음을 사용하는 경우가 많습니다. 이 소설은 전체에 걸쳐 마오리족 주문 "하우미 에, 후이 에, 타이키 에(Haumi e, hui e, taiki e)"가 반복적으로 등장해 더 신화적인 느낌을 풍깁니다.

신화적 언어의 또 하나의 특징은 바로 자연의 의인화입니다. 자연을 단지 물질로 보는 근대 과학의 관점과 달리, 신화의 세계에서 자연은 느끼고 행위하고 인간과 소통하는 존재입니다.

그 기다림의 시간에, 대지와 바다는 결핍의 날카로운 고통을 느끼기 시작했다. 이 갈망이 어서 끝나기를. 숲은 달콤한 향기를 동쪽 바람에 실어 보냈고, 포후투카와 화관을 동쪽 조류에 흘려보냈다.

In that waiting time, earth and sea began to feel the sharp pangs of need, for an end to the yearning. The forests sent sweet perfumes upon the eastern winds and garlands of pohutukawa upon the eastern tides.

『웨일 라이더』에서 프롤로그의 특징인 자연의 의인화는 '기다림'이라는 주제를 효과적으로 표현합니다. 대지와 바다는 생명의 씨앗을 뿌려 줄 존재인 웨일 라이더를 기다립니다. 고래를 타고 온 웨일 라이더는 그들의 바람대로 생명의 창을 던져 생명체를 만들어 내기 시작합니다. 웨일 라이더 카후티아 테 랑기가 던진 많은 생명의 창 가운데 그의 손에 있던 맨 마지막 창은 그의 손을 떠나기를 거부합니다. 카후티아 테 랑기가 "사람들이 고통받고 이 생명체가 가장 필요로 할 때 꽃피게 하라"라고 약속하고 나서야 마지막 창은 그의 손을 떠나 수천 년을 날아 왕가라 마을에 꽂히고도 150년을 기다립니다. 그 마지막 창이 바로 부족장 코로 아피라나의 증손녀 카후입니다.

고래의 여행: 기억과 슬픔

『웨일 라이더』의 중간 부분인 봄, 여름, 가을, 겨울의 각 장은 고래 이야기로 시작합니다. 고래의 서술은 현실 세계를 말하는 라위리 부분과 구별해 이탤릭체로 표시합니다. 무리를 이끌고 태평양을 유영하는 영감 고래는 어려서 엄마를 잃고 슬퍼하던 시절 카후티아 테 랑기를 주인으로 만나 "하나됨"을 이룹니다. 영감 고래에겐 그 시절이 가장 행복했던 시간입니다.

그 사람[카후티아 테 랑기]은 어린 고래의 고통을 들었고, 플루트를 불며 바다로 왔다. 어린 고래의 슬픔과 하나임을 전달하려는 그의 플루트 소리는 구슬프게 울려 퍼졌다. 그는 알지 못했으나, 그의 플루트 멜로디는 고래에게 위안을 주는 노래와 닮아 있었다.

The human had heard the young whale's distress and had come into the sea, playing a flute. The sound was plangent and sad as he tried to communicate his oneness with the young whale's mourning. Quite without the musician knowing it, the melodic patterns of the flute's phrases imitated the whale song of comfort.

고래는 황금빛 주인과 행복한 시간을 보내지만, 주인이 왕가라 마을에 정착하면서 이별하고 맙니다. 고래는 주인과 행복했던 과거에 대한 향수와 슬픔에 빠져 지냅니다.

이렇게 과거를 회상하며, 영감 고래는 주체할 수 없는 슬픔에 휩싸여 비탄의 울음을 토해 내기 시작했다. 할멈 고래들도 그의 슬픔을 막지 못했다. 젊은 수컷 고래들이 지평선에 인간이 나타났다고 보고했을 때, 그 위험의 근원을 향해 화살처럼 날아가려는 영감 고래를 막느라 그들은 온 힘을 써야 했다.

Reminiscing like this, the ancient bull whale began to cry his grief in sound ribbons of overwhelming sorrow. Nothing that the elderly females could do would stop his sadness. When the younger males reported a man-sighting on the horizon, it took all their strength of reasoning to prevent their leader from arrowing out toward the source of danger.

이제 고래에게 인간은 함께 바다를 헤엄치는 존재가 아니라 "위험의 근원(source of danger)"입니다. 인간은 원자폭탄과 방사능 유출로 생명을 오염시켰고, 영감 고래는 후손의 유전자가 변할까 봐 두려워합니다. 인간이 이렇게 변했는데도 웨일 라이더 카후티아 테 랑기를 그리워하는 영감 고래의 마음은 변함이 없습니다. 왕가라 마을의 부족장이자 카후의 증조할아버지인 코로 아피라나는 영감 고래와 닮았습니다.

> 우리 코로 할아버지는 낯선 현재에 갇혀 오도 가도 못 하게 된 늙은 고래 같았다. 하지만 이렇게 되어야 했다. 왜냐하면 사물의 이치와 미래의 풍랑 속에서 그도 자신의 역할이 있었기 때문이다.
>
> Our Koro was like an old whale stranded in an alien present, but that was how it was supposed to be, because he also had his role in the pattern of things, in the tides of the future.

영감 고래와 아피라나는 둘 다 무리를 이끄는 수장입니다. 영감 고래가 과거에 대한 향수에 빠져 있듯이 아피라나는 전통을 고집합니다. 웨일 라이더는 남자여야 한다는 전통을 고집하며 증손녀를 배척합니다. 빠르게 변하는 현대 사회 속에서, 과거의 존재들이 할 수 있는 것은 기억과 슬픔이겠지요.

라위리가 본 세상: 자본주의와 인종 차별

영감 고래와 아피라나에게는 인간이 자연을 마구 파괴하는 시대, 돈만 있으면 뭐든지 할 수 있는 현재가 낯설기만 합니다. 그 현재라는 낯선 세계를 그려 내는 인물이 바로 카후의 삼촌 라위리입니다. 지극히 평범하고 현실적인 인물인 라위리는 마치 『위대한 개츠비』의 닉 캐러웨이처럼 객관적 관찰자 시점에서 카후와 아피라나를 묘사합니다. 어린 시절부터 고래와 소통하는 신비한 능력을 가진 카후, 그리고 전통에 대한 아피라나의 고집과 그로 인한 고통을 설득력 있게 묘사합니다.

라위리는 왕가라 마을을 떠나 시드니와 파푸아뉴기니로 이동하면서 좀 더 넓은 시야로 현실 사회를 경험합니다. 시드니에서 돈이 중심인 세상을 경험한 그는 파푸아뉴기니에서는 인종 차별을 뼈저리게 겪습니다. 시드니에서는 인종 차별 없이 백인 제프와 친구로 지낼 수 있었지만, 제프의 고향 파푸아뉴기니에서는 제프의 가족에게 차별과 멸시를 받습니다. 무엇보다도 친구 제프에게서마저 인종적 편견을 발견한 것은 큰 충격이었습니다.

원주민 친구인 버나드를 차로 친 제프의 모습은 백인 안에 깊이 뿌리 박힌 인종적 편견을 확인해 준 사건이었습니다. 자신들이 백인이어서 원주민의 공격을 받을 거라는 두려움에 제프와 그의 부모는 친구 버나드를 병원으로 옮기지도 않고 라위리마저 남겨 둔 채 도망쳐 버립니다.

나는 그들의 공포를 도무지 이해할 수 없었다. 나는 제프를 바라보았지만, 그는 꼼짝하지 않고 자리에 앉아 부서진 몸이 경련하는 것을 바라보고 있을 뿐이었다. 그리고 갑자기 훌쩍거리더니, 차에 시동을 걸었다.

"난 내릴 거야." 나는 소리쳤다. "난 *내릴* 거야. 저기 있는 건 그냥 원주민이 아니야. 저 사람은 *버나*드라구." 형제는 형제다.

나는 자동차 문을 밀쳐서 열었다. 클라라는 제프에게 소리쳤다. "아, 그들이 오고 있어." 길 위에 그림자들이 비쳤다. "걔는 그냥 내버려 둬. 내버려 둬." 그녀는 공포에 질려 소리 질렀다. "세상에, 세상에, 세상에."

그들의 차가 나를 빠르게 지나쳐 갔다. 나는 겁에 질린 제프의 창백한 얼굴을 결코 잊지 못할 것이다.

I couldn't comprehand their fear. I looked at Jeff, but he was just sitting there, stunned, staring at that broken body moving fitfully in the headlight. Then, suddenly, Jeff began to whimper. He started the motor.

"Let me out," I hissed. "Let me *out*. That's no native out there. That's *Bernard*." A cous is a cous.

I yanked the door open. Clara yelled out to Jeff. "Oh, I can see them." Shadows on the road. "Leave him here. Leave him." Her words were high-peached, frenzied. "Oh, Oh, Oh."

The station wagon careered past me. I will never forget Jeff's white face, so pallid, so fearful.

죽어 가는 버나드를 친구가 아닌 원주민으로 인식한 제프를 라위리는 이해할 수 없었습니다. 이 사건을 계기로 라위리와 제프는 서로 결코 형제처럼 지낼 수 없는 차이를 느끼게 됩니다. 마음의 상처를 입은 채 라위리는 결국 고향 왕가라 마을로 돌아갑니다.

하지만 이 사건을 다른 관점에서 볼 수도 있습니다. 라위리가 버나드를 원주민이 아니라 '개인'으로 볼 수 있었던 것은 어쩌면 라위리가 같은 원주민 출신이기 때문에 가능했던 것은 아닐까요? 이 차이는 백인이 원주민의 나라를 침략하여 수탈했던 역사와 무관하지 않습니다. '백인=농장주'와 '원주민=일꾼'이라는 관계에서 백인과 원주민을 '개인'으로 분리하여 평등하게 바라보기는 어려운 일입니다. 백인과 원주민의 관계는 개인적으로는 친구 사이가 되는 것이 가능하겠지만, 이 사건에서처럼 급박한 순간에 튀어나오는 무의식 앞에서 쉽사리 무너질 수 있습니다. 이 사건으로 마우리족으로서 라위리의 정체성은 더욱 강해집니다.

카후: 새로운 세계의 희망

작가는 뉴욕에 머물 때 고래 한 마리가 허드슨강에 떠오른 사건에서 이 소설을 착안했다고 밝힌 적이 있습니다. 고래 떼가 해변으로 밀려와 죽는 일은 드물지만 세계 곳곳에서 일어납니다. 소설에서는 왕가라 마을 근처 와이누이 해변에 고래 떼들이 몰려와 죽는 일이 벌어집니다. 이마에 소용돌이무늬를 지닌 거대 고래, 즉 영감 고래가 해변에 떠오릅니다. 소설은 이 사건을 파이키아에 대한 그리움에 사로잡혀 영감 고래가 죽음을 향해 달려가는 상황으로 묘사합니다.

> *그들의 우두머리는 황금빛 주인에 대한 꿈에 완전히 사로잡혀 있었다. 그들의 족보와 설화의 긴 부분에서, 황금빛 주인에 대한 기억은 그를 떠난 적이 없었다.*
>
> *마지막 여행이 시작되었다. 그리고 그 끝에는 죽음이 기다리고 있었다.*
>
> *Their leader was totally ensnared in the rhapsody of his dreams of the golden rider. So long part of their own genealogy and legend, the golden rider could not be dislodged from their leader's thoughts.*
>
> *The last journey had begun, and at the end of it Death was waiting.*

해변에 떠오른 고래를 되돌려 보내기 위해 부족장 아피라나가 고래와 소통하려 노력하지만 고래는 거부합니다. 카후가 이상한 짐승 소리를 내며 다가가자 카후와 고래의 소통이 시작됩니다. 이 소통은 카후가 죽음을 결심하고서야 비로소 가능한 소통입니다. 고래가 죽음의 여행으로 와이누이 해변에 왔듯이, 고래 등에 올라탄 카후 또한 "죽음이 어떤지를 몰랐기 때문에" 웁니다. 고래와 카후의 상징적

죽음을 통해 새로운 세상이 열립니다.

"도와주세요." 카후가 소리쳤다. "저는 카후티아 테 랑기, 파이키아입니다."

고래는 그 말에 부르르 몸을 떨었다.

네가 카후티아 테 랑기라고? 네가 파이키아냐?

카후는 고래의 앞지느러미를 느끼고는 재빨리 그것을 온 힘을 다해 움켜쥐었다.

카후가 등에 오르자, 고래는 기쁨이 복받쳐 올라 점점 더 큰 희열을 느꼈다. 그는 기쁨을 자신의 온몸에 전달하기 시작했다. 방파제 너머 고래 무리도 갑작스러운 그 변화를 감지했다. 솟아오르는 희망으로, 그들은 영감 고래를 향해 격려의 노래를 부르기 시작했다.

"Help me," [Kahu] cried. "Ko Kahutia Te Rangi, *au*, Ko Paikea."

The whale shuddered at the words.

Ko Kahutia Te Rangi? Ko Paikea?

By chance, Kahu felt the whale's forward fin. Her fingers rightened quickly around it. She held on for dear life.

And the whale felt a surge of gladness that as it mounted became ripples of ecstasy, ever increasing. He began to communicate his joy to all parts of his body. Out beyond the breakwater, the herd suddenly became alert. With hope rising, they began to sing their encouragement to their leader.

영감 고래와 카후는 함께 바다로 갑니다. 그러나 희망의 세계를 열기 위해서는 한 가지 더 해결해야 할 과제가 있습니다. 영감 고래가 과거의 환상에서 빠져나오는 것입니다. 자신의 옛 주인 카후티아 테 랑기와 재회했다는 생각에 기쁨을 주체할 수 없었던 영감 고래는 "나는 내 주인 파이키아를 태우고 있다(I am carrying my lord, Paikea)"고 믿습니다. 과거의 환상에 멈추어 있는 것입니다. 하지만 지혜로운 할멈 고래 덕분에 영감 고래는 과거에 대한 환상과 집착에서 벗어나 자신이 태우고 있는 사람이 파이키아의 후손, 그의 손을 떠난 마지막 생명의 창임을 깨닫고 카후를 왕가라 마을에 되돌려 보내 줍니다.

소설은 웨일 라이더로서 자신의 운명을 완성할 카후와 이제는 아름다운 노래를 다시 부를 고래들의 새로운 세계에 대한 약속으로 끝을 맺습니다.

"그들의 소리가 안 들려요?" 카후가 물었다.

카후는 바다에 떨어졌다. 떠나가는 고래의 천둥 같은 소리가 카후의 귀에 크게 울렸다. 카후는 눈을 뜨고 아래를 보았다. 부서지는 포말 사이로 작별인사를 하는 거대한 꼬리가 보였다.

그러자 시간의 역류로부터 할멈 고래의 목소리가 들렸다. "아이야. 너의 종족이 너를 기다리고 있다. 인간의 왕국으로 가서 네 운명을 완성하도록 하여라."

그리고 갑자기 어두운 형상으로부터 들리는 찬란한 음악 소리로 바다는 다시 한번 가득 찼다.

카후는 눈을 빛내며 코로 아피라나를 쳐다봤다.

"할아버지, 저 소리가 들리지 않으세요? 저는 아주 오래전부터 듣고 있었어요. 아, 고래들이 노래하고 있어요."

하우미 에, 후이 에, 타이키 에.

다 이루어지게 하라.

"Can't you hear them?" Kahu asked.

She fell into the sea. The thunder of the whales departing was loud in her ears. She opened her eyes and looked downward. Through the foaming water she could see huge tail fins waving farewell.

Then from the backwash of Time came the voice of the old

mother whale. "Child, your people await you. Return to the Kingdom of Tane and fulfill your destiny." And suddenly the sea was drenched again with a glorious echoing music from the dark shapes sounding.

Kahu looked at Koro Apirana, her eyes shining.

"Oh, Paka, can't you hear them? I've been listening to them for ages now. Oh, Paka, and the whales are still singing," she said.

Haumi e, hui e, taiki e.

Let it be done.

소설은 내내 반복했던 주문 "하우미 에, 후이 에, 타이키 에", 즉 '모두 함께하라, 한데 묶어라, 다 이루어지게 하라'는 하나됨의 염원으로 끝을 맺습니다. 『웨일 라이더』는 지구의 70퍼센트를 차지한 드넓은 바다, 그 바다의 신비로운 생명체 고래가 등장하는 마오리족 신화를 시적인 영어 문장과 함께 만나 볼 수 있는 영감 넘치는 작품입니다.

10

슬픔과 희망의 이야기

켈리 반힐의 『달빛 마신 소녀』

켈리 반힐(Kelly Barnhill)은 1973년 미국 미네소타주 미니애폴리스에서 태어났습니다. 청소년을 대상으로 한 판타지 문학과 과학소설을 주로 썼습니다. 2005년에 『The Witch's Boy』를 시작으로 여러 권의 작품을 내놓은 다작 작가이며, 최근에는 『When Women Were Dragons』, 『The Ogress and the Orphans』를 펴냈습니다. 가족과 함께 미니애폴리스에 살고 있습니다.

2016년에 출간된 『**달빛 마신 소녀**(The Girl Who Drank the Moon)』는 2017년 뉴베리상을 수상했으며, 《뉴욕타임스》 베스트셀러 목록에 올랐습니다. "한번 읽으면 내려놓는 것이 불가능할 정도"로 마력적인 스토리 텔링으로 평가받습니다. 이 작품에서는 영웅적이고 선한 인물들도 잘못과 오류를 범합니다. 그러나 제 잘못을 깨닫고 반성하고 발전합니다. 정교하게 잘 짜인 플롯과 함께, 다면적이면서 점점 성장해 가는 인물들이 소설을 읽는 재미를 더합니다.

켈리 반힐의 『달빛 마신 소녀』는 독특한 설정과 탄탄한 스토리, 그리고 인물들의 도덕적 성장이 빛나는 판타지 소설입니다. 매년 아기를 마녀에게 바치는 희생제를 치르는 보호령(Protectorate)을 배경으로, 마녀에게 바쳐진 아기 루나(Luna)와 루나를 사랑으로 길러 낸 착한 마녀 잰(Zan), 슬픔을 먹고 사는 사악한 마녀 이그나시아(Ignatia) 수녀원장, 그리고 빼앗긴 아기를 되찾기 위해 몸부림치는 루나 엄마인 '미친 여자(madwoman)', 이 네 마녀를 중심으로 이야기가 펼쳐집니다. 여기에, 보호령의 지배층인 장로가 되기를 거부하고 아기를 희생하는 관습에 맞서는 인간 앤테인(Antain)과 그의 사랑 넘치고 현명한 아내 애신(Ethyne)의 이야기가 함께 엮여 감동적인 이야기를 만들어 냅니다.

『달빛 마신 소녀』의 배경인 '보호령'은 이 소설의 독특성을 잘 드러냅니다. 숲과 늪지 중간에 낀 보호령은 사람들이 마녀에 의해 지배당하며 사는 공간입니다. '보호령'은 지금 이 시대에 존재하는 실제 국가를 지칭하는 용어입니다. 원주민들로 구성된 자체 정부가 있으면서 다른 강대국의 지배를 받는 나라를 말하지요. 19세기와 20세기 초엽 영국과 미국 등 강대국들은 약한 나라를 식민지로 삼거나 보호령으로 선포했습니다. 괌, 푸에르토리코, 버진 아일랜드 등이 현재 미국의 보호령입니다.

소설에서 보호령 사람들을 지배하는 마녀의 힘은 우리가 사는 현실에서 부와 권력, 거짓된 믿음을 조작하여 사람들을 지배하는 힘을 자연스럽게 떠올리게 합니다. 보호령의 부를 차지한 장로 집단, 그리고 지식과 경찰력을 독점하며 보호령의 최종 지배자로 군림하는 이그나시아 수녀원장은 이 지구상 어딘가에 존재하는 독재적인 권력을 상상하게 만듭니다. 이런 장치들을 통해, 이 판타지 소설은 우리가 사는 현실 사회에 대해 다시 생각해 보게 합니다.

이 소설이 현실의 부정적인 면만 보여 주는 것은 아닙니다. 아이를 빼앗겨 체념과 좌절 속에 살아가는 엄마, 아이를 빼앗겨 슬픔의 밑바닥까지 겪으면서도 끝까지 저항하여 마침내 희망을 찾는 엄마, 사랑하는 사람을 위해 자신을 희생하는 마녀 등의 모습을 통해 슬픔과 고통, 희망과 같은 감정을 깊고 진하게 느낄 수 있습니다. 덧붙여 대개의 판타지 소설들처럼, 사건의 조각들과 암시들이 여기저기 흩뿌려져 있어, 읽어 나가면서 각 사건과 인물의 의미를 마치 구슬처럼 꿰고 구성하는 재미를 느낄 수 있습니다.

보호령: 현실의 은유

『달빛 마신 소녀』의 배경인 보호령은 일반 사람들과 장로 집단, 그리고 이그나시아 수녀원장을 중심으로 한 "탑(the Tower)" 수도원으로 구성되어 있습니다. 인간 역사에 존재하는 현실의 보호령은 원주민과 그들을 지배하는 원주민 자치정부, 그리고 보호령을 최종적으로 지배하는 외부의 강대국으로 구성된 정치체계를 가지고 있습니다. 이 체계는『달빛 마신 소녀』의 보호령과 정확히 일치합니다. 보호령에 사는 원주민이 있고, 그들을 지배하는 원주민 출신 지배 집단인 장로 집단이 있습니다. 그 위에 최종 지배자인 이그나시아가 있지요. 인간이 아니라 마녀인 이그나시아는 외부의 강대국을 상징한다고 할 수 있습니다. 장로 집단은 보호령의 자치정부입니다. 이 장로 집단은 재산을 소유한 부유한 집단으로서 가난한 일반 사람들을 지배합니다.

장로들은 '큰길'을 소유했다.

이것은 대장로 걸랜드가 '큰길'을 소유했고, 다른 장로들도 각자 자기 몫이 있다는 뜻이다. 장로들은 습지도 소유했다. 과수원도, 집들도, 시장 광장도, 심지어 텃밭도 모두 그들의 것이었다.

이것이 보호령에 사는 사람들이 갈대로 신을 만들어 신는 이유였다. 이것이 보릿고개 시기에 사람들이 습지의 걸쭉한 물을 떠 와 아이들에게 먹이는 이유였다. 습지가 아이들을 튼튼하게 해 주기를 바라면서.

이것이 장로들과 그 가족들이 쇠고기와 버터, 맥주를 즐기며 크고 튼튼하고 장밋빛 뺨을 가지게 된 이유였다.

And the Elders owned the Road.

Which is to say that Grand Elder Gherland owned the Road, and the other Elders had their cut. The Elders owned the Bog, too. And the orchards, And the houses. And the market squares. Even the garden plots.

This was why the families of the Protectorate made their shoes out of reeds. This was why, in lean times, they fed their children the thick, rich broth of the Bog, hoping that the Bog would make them strong.

This was why the Elders and their families grew big and strong and rosy-cheeked on beef and butter and beer.

이렇듯 '큰길'을 비롯해서 모든 땅과 물건을 소유한 장로 집단은 부를 누리면서 가난과 굶주림에 고통받는 보호령 사람들을 통제합니다.

이 장로 집단을 지배하며 보호령에 군림하고 있는 절대 강자는 이그나시아 수녀원장입니다. 보호령 정중앙에 위치하며 사방에 그림자를 드리운 거대한 "탑"은 보호령에서 이그나시아가 갖는 힘을 상징합니다. 이 탑 안에서 이그나시아는 지식과 경찰력이라는 두 가지 권력을 모두 소유합니다. 수많은 책이 쌓여 있는 거대한 도서관은 깊고도 깊은 지식의 샘입니다. 지하와 지상에 갖가지 시설을 갖춘 이 거대한 구조물에서 별의 자매들(the Sisters of the Star)이라 불리는 수녀들은 갖가지 실험과 연구를 하며 지식을 축적하고 독점합니다. 특수부대에 속한 수녀들은 일종의 경찰 역할도 합니다. 그래서 '미친 여자'처럼 아기를 빼앗기지 않으려 저항하는 사람들을 체포하고 감금하지요.

보호령 사람들이 두려워하면서도 존경하는 이그나시아 수녀원장의 정체는 "슬픔을 먹고사는 자(Sorrow Eater)"입니다. 어린 아기를 마녀에게 바치는 희생제는 사실 아기를 빼앗긴 부모의 슬픔을 먹으려는 이그나시아를 위한 행사였습니다. 이그나시아는 미친 여자처럼 아기를 빼앗긴 슬픔에 온몸을 내맡기고 저항하는 사람들을 탑에 가두어 놓고 그 깊은 슬픔을 섭취하며 즐깁니다.

이그나시아는 보호령 사람들의 정신과 감정을 지배합니다. 사람들은 아기를 빼앗기면서도, "숲은 위험하다", "마녀에게 아기를 바치지 않으면 사람들이 해를 입는다"와 같은 잘못된 믿음으로 체념하며 살아갑니다. 『달빛 마신 소녀』의 첫 번째 장에 등장하는 한 엄마의 이야기는 보호령 사람들의 잘못된 믿음과 체념을 보여 줍니다. 엄마는 아이에게 저녁을 먹이며, 마녀에 관해 이야기합니다. 엄마는 마녀를 본 적이 없음에도 마녀가 있다고 말하며, 마녀에게 아기를 바치지 않으면 사람들이 해를 입을 거라고 말합니다. 하지만 마녀가 왜 아기를 원하는지 묻는 아이의 질문에는 답을 하지 못합니다. 희생제에서 아이를 빼앗긴 경험이 있는 엄마의 이야기는 고통스러운 경험이 어떻게 인간을 체념하고 굴복하게 만드는지 보여 주고 있습니다.

희생제 날은 누구도 기다려 주지 않으니 우리 모두 나가서 올 한 해 우리를 무사히 지켜 줄 아기한테 감사해야 한단다.

네 오빠 말이냐? 내가 어떻게 싸울 수 있었겠니? 내가 안 된다 하면 마녀가 사람들을 모조리 죽여 버렸을 텐데. 그랬다면 우리가 여기 이렇게 있을 수나 있겠니? 한 명을 희생할 것인가 아니면 모두 죽을 것인가의 문제야. 세상 돌아가는 이치가 그렇단다. 노력한다고 바꿀 수 있는 게 아니야.

더 묻지 마. 이제 가라. 바보 같은 것.

The Day of Sacrifice waits for no one, and we must all be present to thank the child who will save us for one more year.

Your brother? How could I fight for him? If I had, the Witch would have killed us all and then where would we be? Sacrifice one or sacrifice all. That is the way of the world. We couldn't change it if we tried.

Enough questions, Off with you. Fool child.

엄마는 마녀에 맞서 봤자 어차피 질 것이니, 아이 한 명을 희생하여 모두를 살린다는 변명으로 끔찍한 위안을 삼습니다. 아무리 부당하고 잔인해도, 약자가 강자에게 복종하는 것은 거스를 수 없는 세상의 이치라는 것입니다. 너무도 고통스러운 경험은 사람을 포기와 좌절에 빠뜨립니다. 이 엄마는 비겁하거나 이기적인 사람이 아니라, 감당하기 힘든 고통의 경험으로 인해 모든 희망의 싹을 닫아 놓은 상태일 겁니다. 엄마는 아이에게 질문하지 말라고 합니다. 질문은 그 고통의 기억과 현재의 비참함을 일깨우기 때문입니다.

소설 속 보호령은 판타지 공간입니다. 갓 태어난 어린 아기를 바치고 사람들의 슬픔을 먹고 사는 마녀가 존재하지요. 판타지라는 은유로 표현된 억압과 착취는 사실 현재 우리의 모습과 완전히 무관하지는 않습니다. 지금도 이 지구상 어딘가에는 아동노동이 존재하고, 잔인한 독재자가 폭력으로 지배하는 나라들도 존재합니다. 현실에서 크고 작은 폭력적 권위에 순종하고 체념하며 살아가는 인간의 모습을 발견하기는 그리 어렵지 않습니다. 판타지는 단지 비현실적인 허무맹랑한 이야기가 아니라, 은유로 그려 낸 지금 우리의 현실일 수 있습니다.

마법: 열망과 꿈이 지도를 만들다

루나는 착한 마녀 잰이 사랑으로 달빛을 먹여 마법을 갖게 되었습니다. 잰은 어린 시절 마법사들의 실험 대상으로 마법을 얻게 되었지요. 부모를 잃고 슬픔에 빠진 잰에게 마법사들이 잔인한 실험을 한 겁니다. 마법사 조시모스(Zosimos)는 잰을 데려와 키웁니다. 조시모스는 잰에게, 그리고 잰은 루나에게 부모와 같은 역할을 하며 자신의 마법을 넣어 줍니다. 마녀와 마법사는 다른 이에게 마법을 넣어주게 되면 몸이 급격히 쇠약해지고 결국은 죽고 맙니다. 부모가 자식에게 사랑을 쏟아부어 주다가 결국 기력을 잃고 죽게 되는 인간의 원리와 같지요. 이런 점에서 잰과 루나의 마법은 부모한테서 받은 사랑과 같습니다.

하지만 미친 여자가 마법을 획득한 방식은 잰이나 루나와는 다릅니다. 미친 여자는 아기를 빼앗기지 않으려 처절하게 싸웠고, 탑에 갇혀 이그나시아에게 슬픔을 착취당하면서도, 슬픔과 고통을 회피하기보다는 정면으로 겪어 내고 끝까지 저항하면서 마법을 터득합니다. 보호령 사람들이 체념과 복종 속에 살아가고 있는 반면에, 미친 여자는 빼앗긴 아기에 대한 그리움과 꿈을 끝까지 놓지 않습니다. 아기를 빼앗긴 충격으로 모든 기억을 잃은 채 탑 안에 감금된 미친 여자의 마법은 열망과 꿈에서 시작합니다.

미친 여자는 종이의 감촉만을 기억할 수 있었다. 그녀는 종이에 굶주렸다. 밤이면 건조하고 매끈한 종이 묶음, 종이 가장자리의 날카로운 베임을 꿈꿨다. 깊어지는 흰색 속으로 스며드는 잉크를 꿈꿨다. 종이 새와 종이 별과 종이 하늘을 꿈꿨다. 종이 도시와 종이 숲, 종이 사람들 위에서 서성이며 맴도는 종이 달을 꿈꿨다. 종이 세상. 종이 우주. 미친 여자는 잉크 바다와 깃털 숲과 단어의 끝없는 습지를 꿈꿨다. 그녀는 이 모든 것을 엄청난 분량으로 꿈꿨다.

She could remember only the touch of paper. She was hungry for paper. At night she dreamed of the dry smoothness of the sheaf, the painful bite of the edge. She dreamed of the slip of ink into the deepening white. She dreamed of paper birds and paper stars and paper skies. She dreamed of a paper moon hovering over paper cities and paper forests and paper people. A world of paper. A universe of paper. She dreamed of oceans of ink and forests of quills and an endless bog of words. She dreamed of all it in abundance.

미친 여자가 꿈꾸는 종이 세상과 잉크 바다, 깃털 숲, 단어의 끝없는 습지는 진실을 기록하려는 열망을 상징합니다. 그것은 이그나시아와 장로들이 퍼뜨리는 거짓에 맞서려는 진실의 저항입니다. 미친 여자의 간절한 열망은 엄청난 분량의 꿈이 되고, 그 꿈은 종이로 현실이 됩니다. 미친 여자가 갇힌 "감방은 종이의 폭동(The cell was a riot of paper)"이었습니다. 아기를 빼앗긴 미친 여자는 종이와 펜과 잉크, 그리고 단어 들을 가지고 이그나시아의 억압에 저항합니다.

마법에 익숙해진 미친 여자는 이제 꿈이 아니라 현실에서 마법을 부릴 수 있게 됩니다. 마을 사람들이 공포를 보며 움츠리는 동안, 미친 여자는 "세상의 틈(the gap of the world)"에서 마법의 힘을 끌어냅니다.

미친 여자는 종이를 쉽게 얻었다. 그저 세상의 틈에 손을 뻗어서 한 장 한 장 종이를 꺼냈다. 한 장 한 장이 지도였다. 한 장 한 장이 새였다. 그녀는 한 장 한 장 하늘로 날려 보냈다.

She got it easily enough. She just reached through the gaps of the world, pulling out leaf after leaf. Each leaf was a map. Each leaf was a bird. Each leaf she launched into the sky.

미친 여자는 "무엇이든 필요한 것은 세상의 틈에 손을 뻗어서" 끌어당길 수 있게 되었습니다. 이 틈에서 미친 여자는 종이를 얻을 뿐 아니라 진실도 알게 됩니다. 아기가 살아 있다는 것, 그리고 이그나시아가 슬픔을 먹고 산다는 진실을 알게 되지요. 이것은 장로나 수녀원장처럼 권위와 권력을 가진 이들이 주입하는 믿음이 아니라, 자신의 꿈과 세상의 틈에서 스스로 알게 된 진실입니다. 미친 여자는 "세상의 빈틈에서 마법의 조각을 찾아내어 감추어" 두면서 사물을 자유자재로 변신시키기도 합니다.

미친 여자는 깃털들이 내려앉는 것을 보았다. 그녀 바로 앞에 깃털들이 내려앉았다. 여자는 깃털들을 응시했다. 깃털, 깃대, 솜털 가닥. 그러다가 더 작은 구조들도 보였다. 먼지와 미늘과 세포. 점점 더 작고 세부적인 것들이 눈에 들어왔다. 그러다가 작은 우주처럼 빙빙 도는 분자들까지 보였다. 그녀는 정말 미쳤다. 입을 크게 벌린 허공을 가로질러 이리저리 분자들을 움직이자 완전히 새로운 것이 나타났다. 깃털은 더 이상 깃털이 아니었다. 종이였다.

The madwoman watched them land. The feathers landed on the floor right of her. She stared at them — the quill, the shaft, each filament of down. Then she could see the smaller structures — dust and barb and the cell. Smaller and smaller went the details of her vision, until she could see each particle, spinning around itself like a tiny galaxy. She was as mad as they come, after all. She shifted the particles across the yawning emptiness between them, this way and that, until a new whole emerged. The feathers were no longer feathers. They were paper.

세상의 작은 틈, 보이지 않는 허공, 그것은 우주만큼 큽니다. 분자나 원자처럼 아주 작은 것들은 인간의 눈에 보이지는 않지만 존재합니다. 그 작은 세부 안에 우주가 있고, 거기서 새로운 것들이 창조되는 마법이 이루어집니다. 이 세상의 틈, "보이지 않는 것에 대한 믿음(Trusting in invisible things)"이 마법을 만들어 냅니다.

미친 여자가 세상의 틈에서 꺼낸 종이로 만든 종이 새는 빼앗긴 아기를 만나고 싶은 열망을 상징합니다. 그래서 종이 새는 필연적으로 지도가 됩니다. 종이 새에 그려진 지도는 빼앗긴 아기에게 가는 길입니다. 지도에 표시된 "그 아이는 여기에 있어(She is here)"는 아기가 있는 곳의 좌표입니다. 그리고 마침내 때가 되었을 때, 미친 여자가 접은 거대한 종이 새는 그녀를 숲속 루나의 집으로 데려다 줍니다.

종이 새는 미친 여자뿐 아니라, 앤테인을 이끄는 지도가 됩니다. 견습 장로로서 미친 여자의 아기를 빼앗아 숲에 버리는 일에 가담했던 앤테인은 너무나 충격을 받았고, 그 기억은 가슴속 바늘처럼 늘 그를 찔렀습니다. 미친 여자를 만나러 탑으로 간 앤테인은 종이 새들의 공격을 받아 얼굴에 끔찍한 상처를 입게 되지만, 바로 그 상처가 앤테인의 첫 번째 지도가 됩니다. 앤테인의 엄마조차 보기를 꺼리는 상처로 인해 앤테인은 장로 일을 그만두지만, 오히려 자신이 진심으로 바라던 목수의 길을 걷게 됩니다. 게다가 이 상처로 인해 앤테인은 얼굴이 아니라 마음을 사랑할 줄 아는 현명하고 따뜻한 에신을 만나 결혼하게 됩니다. 미친 여자의 종이 새들이 앤테인의 얼굴에 남긴 흉터는 앤테인을 행복한 삶으로 이끄는 지도였습니다.

미친 여자는 앤테인에게 종이 새를 날려 두 번째 지도를 줍니다. 두 번째 지도는 앤테인이 마녀와 대결하기 위해 숲으로 가는 지도입니다. 목수로 일하면서 에신과 결혼하여 행복한 삶을 살던 앤테인은 아기를 가지게 되지만, 그의 아기가 희생제에 바쳐질 운명이 되었습니다. 아기를 무력하게 내주는 대신, 앤테인은 종이 새에 그려진 지도를 품고 숲으로 가서 마녀를 죽이겠다고 결심합니다. 그리고 "이렇게 해서 세상을 바꾸겠다"고 결심하지요. 앤테인의 이 결심은 소설의 전개에서 중요한 분기점이 됩니다. 앤테인이 숲으로 떠나자, 그를 죽이기 위해 이그나시아가 숲으로 가고, 미친 여자도 앤테인을 따라 숲으로 날아갑니다. 숲에서 루나는 이그나시아와 대결하고, 엄마인 미친 여자를 만나게 됩니다. 루나, 잰, 미친 여자, 그리고 앤테인이 만나 마침내 이그나시아를 무너뜨립니다.

질문: "이런 질문 자체가 혁명적이었다"

숲으로 가서 마녀를 죽이고 아기를 구하겠다는 앤테인의 결심은 바로 '질문'에서 시작합니다. 앤테인도 처음에는 보통 사람들과 같은 잘못된 믿음을 가지고 있었습니다. 숲은 위험하고 아기를 내주는 것은 어쩔 수 없는 일이라 믿었었지요.

> 앤테인은 공포가 퍼지는 것을 보고도 아무 일도 하지 않았었다. 해마다 아기들을 데려가 숲에 버리는 것을 방관하고 있었다. *우리가 할 수 있는 일은 없어*. 앤테인은 이렇게 되뇌었다. 다들 같은 말을 하며 스스로를 억눌렀다. 앤테인도 그렇게 믿으며 살아왔다.
>
> 앤테인은 자신이 평생 혼자 쓸쓸히 살아가리라고 생각했었다. 그런데 사랑으로 인해 앤테인은 자기 생각이 틀렸다는 걸 알게 되었

다. 이제 세상은 전보다 훨씬 밝은 곳이 되었다. *그 생각이 틀렸다면, 다른 생각도 틀릴 수 있지 않나?*

마녀에 대해 잘못 안 거라면? 희생에 대해서도 잘못 알았다면? 앤테인은 생각했다. 이런 질문 자체가 혁명적이었다. 그리고 큰 충격이었다. *우리가 무언가를 하려고 한다면 어떻게 될까?*

왜 전에는 그런 생각을 한 번도 안 했을까? *아이를 좀 더 공정하고 다정한 세상에서 살게 하는 게 좋지 않을까?…*

앤테인은 사랑 때문에 들떴다. 사랑 때문에 용감해졌다. 사랑 때문에 흐릿하던 질문들이 분명해졌다. 그리고 앤테인은 답을 얻어야 했다.

Antain **had watched** that horror unfold and **had done** nothing. He **had stood** by as baby after baby was taken and left in the forest. *We couldn't stop it if we tried*, he **had told** himself. It's what everyone told themselves. It's what Antain had always **believed**.

But Antain **had** also **believed** that he would spend his life alone, and lonely. And then love proved him wrong. And now the world was brighter than it was before. *If that belief could be proved wrong, could not others be as well?*

What if we are wrong about the Witch? What if we are wrong about the sacrifice? Antain wondered. The question itself was revolutionary. And astonishing. What would happen if we tried?

Why **had** the thought never **occurred** to him before? *Wouldn't it be better,* he thought, *to bring a child into a world that was good and fair and kind?*…

Love made him giddy. Love made him brave. Love made foggy questions clearer. And Antain needed answers.

이 장면은 앤테인이 어떻게 변했는지를 명확히 보여 줍니다. 동사의 시제 표현에서 과거 완료(had p.p)와 과거를 명확히 구분함으로써, 앤테인이 에신을 만나 사랑에 빠지고 난 후 어떻게 변했는지를 명확히 보여 줍니다. 이전에 그는 끔찍한 일을 방관했었고, 잘못된 믿음을 자기 자신에게 되뇌었고, 외롭게 살 거라고 믿었었지요. 보호령 사람들처럼 거짓 믿음으로 살아가던 앤테인에게 사랑이 찾아오면서 변화가 시작됩니다. 그 변화는 바로 질문입니다. 숲과 마녀와 희생제에 대해 지금까지 가져왔던 믿음들이 틀렸을 수도 있다는 의심과 질문입니다. "이런 질문 자체가 혁명적"입니다. 미래의 행동과 변화를 가져오기 때문입니다.

그러니 대장로와 이그나시아가 질문을 무척 싫어하는 것도 당연합니다. 질문하지 않고 그저 받아들이고 복종하는 보호령 사람들과 달리 질문을 하는 앤테인과 애신을 이그나시아와 대장로는 받아들일 수가 없습니다. 앤테인의 의문과 질문이 행동으로 이어졌을 때, 이것이 어떤 여파를 몰고 올지 수녀원장은 잘 알고 있었기 때문입니다.

"너무 위험해요." 수녀원장은 진정하려고 숨을 들이마셨다. "질문의 문은 닫히지 않을 겁니다. 설령 그가 아무것도 찾아내지 못하고 빈손으로 돌아온다 해도, 또 다른 무모한 시민이 숲으로 가서 *무언가*를 찾지 못하리라는 법이 없지요. 그 사람 역시 빈손으로 돌아와도 *다른* 누군가가 또 시도할 겁니다. 그러다 보면 *아무것도 없다*는 소식이 *무언가 있다*는 것으로 됩니다. 보호령 사람들이 생각이란 것을 하게 될 거예요."

"It's too risky." She took in a breath to steady herself. "And it doesn't close the door on the question. If he should return fining nothing, it does not mean that there isn't *something* to be found by another citizen so foolhardy as to take to the woods. And if *that* person finds nothing, then perhaps someone *else* will try as well. And soon those reports of *nothing* become *something*. And soon the Protectorate starts getting ideas."

수녀원장은 앤테인의 질문과 행동이 다른 사람들의 질문과 행동으로 이어져 보호령 전체를 바꿀 수 있다는 것을 잘 알고 있었습니다. 질문과 행동이 반드시 어떤 결과나 성취를 가져와야만 의미 있는 것은 아닙니다. 설령 아무것도 얻지 못한다 할지라도, 질문과 행동은 마치 공기처럼 퍼져서 사람들을 생각하게 만들기 때문입니다.

질문의 중요성은 잰의 반성에서도 나타납니다. 잰은 단지 버려진 아기를 가여워할 뿐 왜 해마다 이런 일이 벌어지는지 의문을 품지 않았던 자신을 반성합니다. 마침내 루나, 미친 여자, 앤테인, 잰이 모두 만나 버려진 아기의 진실이 밝혀지는 순간, 잰의 반성은 더 명확해집니다. "궁금해하지 않았다니. 의아해하지 않았다니, 내 잘못이야(I was so wrong not to be curious. I was so wrong not to wonder)."

이그나시아가 숲으로 간 사이, 질문 많은 또 한 사람이 보호령을 바꾸어 놓습니다. 바로 앤테인의 아내 에신입니다. 에신은 너무나 질문이 많고 당당하고 생기발랄하여 수녀원장의 미움을 받았지요. 아기를 빼앗으러 온 대장로에 맞서 에신은 별의 자매 특수 군대 수녀들을 설득하여 아기를 지킵니다. 에신은 나아가 탑으로 가서 수녀들을 설득하여 데리고 나옵니다. 탑의 감옥에 갇힌 죄수들을 풀어주고, 폐쇄적인 도서관을 열어 버립니다.

이제 보호령이 바뀌기 시작했습니다. 안개가 걷히고 밝은 빛이 비치기 시작합니다. 보호령 사람들은 빼앗긴 아이들의 환영을 보기 시작했습니다. 그리고 의문을 가지고 질문을 던지기 시작합니다.

하지만 아기들이 죽지 않았다면?

질문을 던질수록 의문은 커졌다. 의문이 커질수록 희망도 커졌다. 희망이 커질수록 슬픔의 구름은 걷히고 떠돌다가 밝게 빛나는 하늘의 열기 속으로 타서 없어졌다.

But what if they were not?

And the more they asked, the more they wondered. And the more they wondered, the more they hoped. And the more they hoped, the more the clouds of sorrow lifted, drifted, and burned away in the heat of a brightening sky.

질문에서 시작하여 의문으로, 그리고 희망으로 이어집니다. 희망은 보호령에 드리운 슬픔을 사라지게 합니다. 『달빛 마신 소녀』에는 질문을 막는 수녀원장과 대장로에 대항하여 질문하는 인물들이 등장합니다. 앤테인과 에신처럼, 잰과 루나, 미친 여자도 모두 질문을 통해 변화를 가져옵니다. 질문은 불가능을 가능케 하는 힘, 즉 마법의 비밀입니다.

『달빛 마신 소녀』에는 또 다른 질문하는 존재들이 있습니다. 이 소설의 첫 장에 등장하는, 포기하고 굴종하는 부모들에게 끊임없이 질문하는 아이들입니다. 아이는 희생된 오빠에 관해 묻고, 마녀가 왜 아이를 데려가는지, 데려가서 어떻게 하는지 등등을 꼬치꼬치 묻습니다. 이 질문하는 아이들은 희생된 언니 오빠를 둔 보호령 아이들일 겁니다. 질문하는 아이들로 인해, 부모들은 끊임없이 생각하고 말하게 됩니다. 잃어버린 아이를 그리워하며 꿈을 꾸기도 하지요. 에신의 어머니처럼 이야기를 만들어 내기도 합니다. 우리도 어떤 믿음이나 주장들을 그냥 받아들이는 대신 질문을 한번 해 보는 건 어떨까요? 어쩌면 거기서 틈이 생기고, 상상만 하던 일이 실제로 이루어지는 마법이 이루어질지도 모르니까요.

슬픔을 먹고 사는 자—슬픔은 어떻게 희망이 되는가?

이그나시아의 지배를 받는 보호령은 "슬픔의 폭압(the tyranny of grief)"으로 고통받습니다. 이그나시아는 자기 자신의 슬픔을 스스로 억압하다 만들어진 괴물이었습니다. 이그나시아도 원래는 기쁨과 슬픔을 모두 느낄 줄 아는 심장을 가졌었지요. 하지만 가족이 모두 죽는 슬픔을 경험하게 되자, 슬픔을 제 심장에 꼭꼭 가둬 놓습니다. 슬픔을 너무도 단단히 억압하고 가두어 놓은 탓에, 이그나시아의 심장은 단단한 진주 덩어리가 되었습니다.

루나는 진주가 된 심장 안에 감싸여 있는 기억의 층위 너머를 깊이 들여다보았다. 루나는 깜짝 놀랐다. "슬픔을 가두어 놓았어." 루나가 속삭였다. "슬픔을 덮고 꼭꼭 짓눌러 단단히 뭉쳐 놓았어. 너무 단단하고 너무 무겁고 너무 촘촘해서 빛을 구부러뜨려. 모든 걸 그 안으로 빨아들여. 슬픔이 슬픔을 빨아들이는 거지. 그래서 슬픔에 굶주리게 된 거야. 슬픔을 먹으면 먹을수록 더 갈구하게 돼. 그러다가 그걸 마법으로 바꿀 수 있다는 걸 알게 되었지. 그러고는 자기 주위에서 슬픔을 키우는 법도 알게 되었어. 농부가 밀을 기르고 고기와 우유를 얻는 것처럼 슬픔을 길렀어. 그리고 불행을 포식했지."

Luna looked deeper, past the layers of memory wrapped around the heart-turned-pearl. What she saw astonished her.

"She walled off her sorrow," Luna whispered. "She covered it up and pressed it in, tighter and tighter and tighter. And it was so hard, and heavy, and dense that it bent the light around it. It sucked everything inside. Sorrow sucking sorrow. She turned hungry for it. And the more she fed on it, the more she needed. And then she discovered that she could transform it into magic. And she learned how to increase the sorrow around her. She grew sorrow the way a farmer grows wheat and meat and milk. And she gorged herself on misery."

이렇게 이그나시아가 자신의 슬픔을 단단히 감추어 두고, 다른 이들의 슬픔을 먹고 사는 괴물이 된 반면, 잰은 슬픔을 망각합니다. 부모를 잃고, 아버지 같은 조시모스까지 잃는 슬픔을 겪게 된 잰은 슬픔을 조심하라는 조시모스의 유언 같은 충고만을 기억합니다.

"네 슬픔을 조심해라." 조시모스가 말했었다. 그때 그는 너무나 늙어 있었다. 이루 말할 수 없이 늙었다. 온몸이 울퉁불퉁하고 귀뚜라미처럼 뼈와 종이 같은 거죽밖에 없었다. "네 슬픔은 위험해. 그 *여자가* 근처에 있다는 걸 잊지 마라." 그래서 잰은 슬픔을 삼켰다. 그리고 기억도. 슬픔도 기억도 다시는 찾을 수 없도록 깊이 묻었다. 그랬다고 생각했다.

"Be careful of your sorrow," he had said. He was so old

then. Impossibly old. He was all angles and bones and papery skin, like a cricket. "Your sorrow is dangerous. Don't forget that *she* is still about." And so Xan had swallowed her sorrow. And her memories, too. She buried both so deep that she would never find them. Or so she thought.

어린 시절 이그나시아에게 슬픔을 착취당했던 잰은 슬픔을 조심하라는 스승 조시모스의 경고를 기억합니다. 하지만 문제는 잰이 슬픔을 조심하라는 경고만 기억할 뿐, 왜 위험한지를 잊었고, 또한 "그 여자가 근처에 있다는 걸 잊지 말라(Don't forget)"는 경고도 잊었다는 것입니다. 잊지 말라는 충고에도 불구하고, 잰은 기억을 묻어 버린 겁니다. 잰의 기억뿐 아니라, 미친 여자의 종이 새에 쓰인 글귀 등 소설 곳곳에 "잊지 마라"는 메시지가 등장하는 이유는 이렇듯 슬픔을 극복하기 위해서 우리는 반드시 기억을 해야 하기 때문입니다.

그렇다면 슬픔은 무엇으로 극복할 수 있을까요? 슬픔을 열어 놓고 서로 소통하면서 극복하려는 노력 속에 희망이 찾아온다는 것을 소설은 말하고 있습니다. 미친 여자가 처음으로 느낀 희망은 그것을 잘 보여 주고 있습니다. 미친 여자는 앤테인의 따뜻한 마음과 가슴에 품은 질문을 보고는 그가 목수의 길을 걷도록 도와주고 지도를 줍니다. 그리고 앤테인은 미친 여자가 날린 종이 새에서 지도를 보고 숲으로 갑니다. 이렇게 서로 돕고 교류하는 과정에서 미친 여자의 가슴 속에 희망이 움트기 시작합니다.

깊고도 갑작스러운 번쩍임으로, 미친 여자는 슬픔이 변화하는 것을 느꼈다.

희망, 그녀의 심장이 말했다.

희망, 하늘이 말했다.

희망, 젊은이의 손안에 있는 새와 젊은이의 눈빛이 말했다.

And in one profound, sudden flash, she felt it transform.

Hope, her heart said.

Hope, the sky said.

Hope, said the bird in the young man's hand and the look in his eye.

슬픔은 타인과 함께 느끼고 함께 같은 곳을 바라볼 때 희망으로 변신합니다. 슬픔이 희망으로 변하려면, 상처를 드러내고 서로 소통해야 합니다.

이그나시아는 라틴어 'ignis'가 어원입니다. ignis는 불, 혹은 불같은 존재를 뜻합니다. 이그나시아는 이 소설의 배경에 있는 화산처럼 언제 분출할지 모르게 끓고 있는 인물입니다. 이그나시아의 억눌린 슬픔은 화산처럼 분출하고 폭발해야 합니다. 마침내 이그나시아의 슬픔이 분출되자, 화산이 불과 연기를 쏟아 내며 들끓기 시작합니다.

"멈추게 할 수 있을까요?" 루나가 속삭였다.

"아니." 잰이 말했다. "전에, 옛날에 멈췄었지만, 그건 실수였어. 좋은 사람이 허망하게 죽고 말았지. 좋은 용도. 화산은 폭발하고 세상은 바뀌기 마련이야. 그게 사물의 이치야. 하지만 우리는 지킬 수 있어. 나 혼자는 안 돼. 이제는, 너도 혼자 힘으로는 안 될 거야. 하지만 함께." 잰이 루나의 엄마를 보았다. "힘을 한데 모으면 할 수 있을 것 같아."

"Can we stop it?" Luna whispered.

"No," Xan said. "It was stopped before, long ago, but that was a mistake. A good man died for nothing. A good dragon, too. Volcanoes erupt and the world changes. This is the way of things. But we can protect. I can't by myself — not anymore — and I suspect that you can't on your own. But together." She looked at Luna's mother. "Together, I think we can."

슬픔의 기억을 묻어 두기만 했던 잰은 이제 폭발할 것은 폭발해야 한다고 말합니다. 폭발을 막은 조시모스는 다른 이를 위하여 자신을 희생한 용감한 마법사였지만, 그의 희생은 미봉책에 그쳤었습니다. 이그나시아가 계속 남아 보호령을 지배하고 있었기 때문입니다. 화산은 폭발해야 하고 세상은 바뀌기 마련입니다. 거기서 우리는 함께 우리 자신을 지켜야 합니다. 혼자서는 못하고, 함께 해야만 가능한 일입니다. 끊임없이 등장하는 "잊지 마라"는 메시지는 슬픔과 고통도 기억하고 그래서 함께 이겨 나가고 지키라는 메시지입니다.

화산이 폭발한 후, 슬픔의 안개가 걷히고 밝은 햇빛이 빛나는 보호령에 희생제에서 빼앗긴 별 아이들이 돌아옵니다. 탑의 수녀들은 이제 창문을 활짝 열어젖혔고, 기쁨의 탄성이 방으로 퍼져 듭니다. 『달빛 마신 소녀』는 가두어져 억압되고 잊힌 것들을 열어 주고, 사랑하고, 기억함으로써 희망을 가져올 수 있다는 메시지를 전달하고 있습니다.

11

미국 역사와 공감의 가치

하퍼 리의 『앵무새 죽이기』

하퍼 리(Nelle Harper Lee)는 1926년 앨라배마주 먼로빌에서 출생했습니다. 앨라배마 주립대학에서 법을 공부했으나, 결국 자신이 사랑하는 글쓰기로 진로를 잡습니다. 작가가 되기 위해 뉴욕으로 가서 서점 점원부터 시작하여 여러 직업을 전전하면서 작품을 출판하기 위해 노력합니다. 그리고 마침내 1960년 출간된 『앵무새 죽이기(To Kill a Mockingbird)』로 퓰리처상을 받는 등 유례없는 성공을 거두게 됩니다. 이후 후속작을 내지 않다가 2015년에 『파수꾼(Go Set a Watchman)』을 내놓습니다. 오랜 친구 트루먼 카포티(Truman Capote)와 어떤 살인사건의 진상 조사에 나섬으로써 카포티가 이를 근간으로 한 범죄물 『인 콜드 블러드(In Cold Blood)』를 완성하는 데 조력하기도 했습니다. 평생 대중의 관심에서 벗어나고자 했던 하퍼 리는 2016년 고향 먼로빌에서 생을 마감합니다.

미국인들이 가장 사랑하는 소설로 꼽히는 **『앵무새 죽이기』**의 인기는 비단 미국에 국한되지 않습니다. 40여 개 언어로 번역되었으며, 공식적으로는 4천만 부 이상의 판매기록을 가지고 있으나 전 세계 여러 출판사에서 출간된 사실을 감안하면 사실상 판매통계를 내기 힘들 정도입니다. 1962년에는 영화화되어 아카데미 남우주연상과 감독상, 각본상을 받았습니다. 연극으로도 각색되어 브로드웨이 무대에서 사랑받고 있습니다.

2017년 1월 시카고 매코믹 플레이스 컨벤션 센터는 오바마 대통령의 이임식에 모인 청중들의 환호와 갈채로 가득 찼습니다. 이임식 연설에서 오바마는 인종 갈등과 빈부격차로 갈라진 미국 사회에 "연대(solidarity)"가 필요하다고 역설하면서, 애티커스 핀치(Atticus Finch)라는 인물의 말을 인용합니다.

하지만 법만으로는 충분치 않습니다. 마음이 변해야 합니다. 변화는 하루아침에 이루어지지 않습니다. 사회적 태도가 변화하는 데는 종종 수 세대가 걸리기도 합니다. 하지만 이렇게 점점 더 다양해지는 우리나라에서 민주주의가 작동하기 위해서는, 우리 각자가 미국 소설에 등장하는 한 위대한 인물 애티커스 핀치의 조언에 귀를 기울일 필요가 있습니다. "누군가를 정말로 이해한다는 것은 그 사람의 입장으로 세상을 본다는 것이다… 그 사람의 몸속으로 들어가 그 사람이 되어 걸어 다니는 것이다."

But laws alone won't be enough. Hearts must change. It won't change overnight. Social attitudes oftentimes take generations to change. But if our democracy is to work in this increasingly diverse nation, then each one of us need to try to heed the advice of a great character in American fiction, Atticus Finch, who said "You never really understand a person until you consider things from his point of view… until you climb into his skin and walk around in it."

이 연설에서 오바마가 언급한 애티커스 핀치는 하퍼 리의 『앵무새 죽이기』에 등장하는 인물입니다. 철학자 데이비드 흄(David Hume)은 "다른 사람들과 공감하는 성향, 아무리 다르고, 심지어 우리와 반대일지라도, 소통을 통해 타인의 정서와 취향을 받아들이는 성향(that propensity we have to sympathize with others, and to receive by communication their inclinations and sentiments, however different from, or even contrary to our own)", 즉 남의 처지를 이해하고, 소통하며, 아픔을 함께하려는 마음이야말로 사회적 유대와 도덕성의 기초라고 보았습니다. 다양한 인종적, 경제적, 문화적 배경을 지닌 구성원들로 이루어진 현대 사회에서 공감 능력은 절실히 필요한 가치입니다. 오바마 대통령은 이 공감을 '거대한 용광로(melting pot)'라 불리는 미국 사회에서 민주주의가 작동하기 위한 필수 요건으로 규정합니다.

대통령 연설에 인용될 만큼 미국에서 『앵무새 죽이기』의 명성은 대단합니다. 1960년에 출간되어 1961년 퓰리처상을 수상한 이래 수많은 상을 받았고, 미국에서 도서관 사서들에 의해 20세기 최고의 책으로 선정되었으며, 중고등학교 수업 교재로 읽히는 고전입니다. 작가 하퍼 리는 미국 문학에 기여한 공로를 인정받아 미국 최고의 훈장인 자유의 메달을 수상했습니다.

『앵무새 죽이기』가 이렇듯 미국을 대표하는 문학작품으로 인정받는 이유는 '용기', '공감'과 같은 가치를 미국 역사를 배경으로 설득력 있게 그려 내고 있기 때문입니다. 이 작품의 배경인 1930년대의 미국은 경제 대공황(Great Depression)과 인종 차별의 갈등이 극심하던 시기였습니다. 사람들은 갑자기 집과 직장을 잃고 당장 한 끼니를 위해 무료급식소 앞에서 줄을 서야 했습니다. 경제 위기는 평범한 시민의 삶을 팍팍하게 만들며, 편견에 시달리는 흑인 같은 사회적 약자들에게는 더욱 가혹하게 작용합니다. 1931년에 일어난 스코츠버러 사건(Scottsboro case)은 인종 차별 문제로 미국 사회를 뒤흔든 역사적 사건이었습니다.

스코츠버러 사건은 아홉 명의 흑인 소년들이 백인 여성을 강간했다는 혐의로 무고하게 기소되어 사형을 선고받고 오랫동안 교도소에 갇혔던 사건입니다. 당시 미국의 사법 제도가 얼마나 인종 차별적인지를 드러내고, 소년들의 무고함을 알면서도 유죄를 고집했던 백인들의 뿌리 깊은 편견과 증오심이 노골적으로 표출된 사건입니다. 이 스코츠버러 사건은 『앵무새 죽이기』에서 톰 로빈슨 사건의 모티브가 됩니다. 이 소설은 당시 혹독한 경제 공황에 시달리던 남부 백인들의 모습을 그려 내는 한편, 사회의 가장 밑바닥에서 경제 공황과 인종 편견이라는 이중의 고통을 감내했던 흑인들의 모습을 생생하게 보여 주고 있습니다.

하퍼 리가 작품에 자전적 요소를 엮어 놓은 것 역시 흥미롭습니다. 미국 남부의 현실을 여섯 살 소녀의 시점으로 서술하는 스카웃은 작가 자신과 매우 유사합니다. 소설의 시대적 배경인 1930년대 중반에 하퍼 리는 스카웃과 비슷한 나이의 말괄량이 소녀였습니다. 소설 속 가상 마을인 메이콤은 하퍼 리가 태어나고 성장한 앨라배마주 먼로빌과 유사합니다. 먼로빌은 스코츠버러에서 그리 멀지 않았기에 하퍼 리는 십 대 시절에 미국을 떠들썩하게 했던 이 사건을 가까이서 관찰할 수 있었습니다. 스카웃의 아버지 애티커스처럼, 하퍼 리의 아버지 아마사 콜먼 리(Amasa Coleman Lee)도 변호사이자 앨라배마주 하원의원이었습니다. 흑인을 변호했으나 패소했다는 점도 비슷합니다. 스카웃의 친구 딜(Dill)은 하퍼 리의 평생 친구이자 『인 콜드 블러드』, 『티파니에서 아침을』 등으로 유명한 작가 트루먼 카포티를 모델로 한 인물입니다.

하퍼 리는 이 소설에서 어린 시절 자신의 이웃이었을 법한 다양한 인물들을 현실감 있게 그려 내고 있습니다. 1930년대 경제 대공황과 인종 차별이 미국인들에게 어떤 상처를 남겼는지, 그리고 어떻게 그 상처를 딛고 희망을 찾을 수 있을지가 여섯 살 소녀 스카웃의 눈을 통해 감동적으로, 때로는 유머러스하게 전개됩니다.

"커닝햄 사람들은 갚을 수 없는 것은 절대 받지 않아요"

1929년 뉴욕 주식 시장의 주가 대폭락을 시작으로 미국은 무려 십 년여에 걸친 경제 대공황 시기로 접어듭니다. 남부 앨라배마주 메이콤 마을은 북부 대도시인 뉴욕과 달리 모든 것이 느리게 움직이는 곳이지만, 경제 대공황의 여파에서 벗어날 수는 없었습니다. 소설의 서두는 모든 것이 느리기만 한 메이콤 마을에 대해 설명하면서, "메이콤군 사람들은 최근에 두려움 그 자체 말고는 아무것도 두려워할 것이 없다는 말을 들었다(Maycomb County had recently been told that it had nothing to fear but fear itself)"라고 덧붙입니다. "두려움 그 자체 말고는 아무것도 두려워할 것이 없다"라는 이 표현은 1933년 루스벨트 대통령이 취임식 연설에서 경제 대공황을 극복하겠다는 확고한 의지를 밝힌 유명한 문구입니다. 다시 말해, 소설의 시간적 배경은 루스벨트 대통령의 취임식이 있었던 1933년 이후로 설정됩니다. 미국인 독자들은 굳이 이 연도가 작품 중에 언급되지 않아도 언제를 배경으로 삼았는지 알아챌 수 있겠지만, 대부분의 외국인 독자들은 그 연설에 대한 정보를 알아야 이해할 수 있는 대목이지요. 이외에도 "앨라배마주라는 배에 달라붙어 있는 따개비 몇 개를 떼어 버리고 싶다"는 주지사의 연설이나, 버밍햄 연좌 농성, 식량 배급을 받기 위해 늘어선 줄 등 경제 대공황과 관련된 내용이 소설 여기저기에서 언급됩니다.

경제 대공황이 메이콤 사람들에게 어떻게 영향을 끼쳤는지를 가장 잘 보여 주는 인물은 커닝햄 씨(Mr. Cunningham)입니다. 돈 대신에 장작더미나 히코리 열매 등으로 변호사 상담료를 지불하는 커닝햄 씨에 대해 애티커스 씨는 설명합니다. "커닝햄 가족은 시골 사람들, 농부들이지. 경제 공황의 충격을 가장 심하게 받은 사람들이란다(The Cunninghams are country folks, farmers, and the crash hit them hardest)." 여기서 "crash"는 원래 교통사고, 혹은 충돌이라는 뜻을 지닌 단어이지만, 경제 대공황을 의미하기도 합니다. 마치 교통사고가 난 것처럼 갑작스럽고 엄청난 경제적 충격을 말하지요. 경제 대공황의 파고는 특히 남부 농민들을 고통스럽게 덮쳤습니다.

아빠는 농부들이 가난하기 때문에 전문직에 있는 사람들도 가난하다고 말씀하셨다. 메이콤군은 농촌 지역이기 때문에 의사들과 치과의사들, 그리고 변호사들에게 5센트나 10센트 같은 푼돈도 들어오기 힘들다는 거였다. 한사상속은 커닝햄 씨를 화나게 하는 것 중 하나일 뿐이었다. 한사상속이 아닌 토지는 마지막 한 뼘마저 완전히 저당 잡혔고, 그가 버는 몇 푼 안 되는 현금은 이자로 나갔다. 입조심을 한다면 커닝햄 씨는 공공사업 일자리를 얻을 수도 있겠지만, 그가 일하느라 땅을 돌보지 않으면 그의 땅은 폐허가 되어 버릴

것이다. 그리고 그는 비록 배가 고파도 땅을 지키고 자신이 원하는 대로 투표하기를 원했다. 커닝햄 씨는 완고한 집안 출신이라고 아빠는 말했다.

Atticus said professional people were poor because the farmers were poor. As Maycomb County was farm country, nickels and dimes were hard to come by for doctors and dentists and lawyers. Entailment was only a part of Mr. Cunningham's vexations. The acres not entailed were mortgaged to the hilt, and the little cash he made went to interest. If he held his mouth right, Mr. Cunningham could get a WPA job, but his land would go to ruin if he left it, and he was willing to go hungry to keep his land and vote as he please. Mr. Cunningham, said Atticus, came from a set breed of men.

"한사상속(entailment)"이란 간단히 말해 조건이 붙은 상속을 의미합니다. 한사상속으로 땅을 물려받은 사람은 그 상속의 조건을 충실하게 이행해야 합니다. 예를 들어, 할아버지가 아버지에게 땅을 물려주면서, 그 땅을 다음 세대의 아들에게 물려주어야 한다는 조건을 붙이는 것입니다. 그러면 땅을 물려받은 아버지는 그 땅을 팔거나 자신이 원하는 사람에게 물려주지 못하고, 반드시 조건대로 아들에게 상속해야 합니다. 이런 점에서 한사상속의 상속자는 그 땅의 소유권이 아니라 사용권만을 가지고 있습니다. 한사상속은 자신의 후손에게 대대로 땅이 물려지기를 원하는 경우 이루어집니다. 한사 상속은 급할 때 처분하여 현금화할 수 없다는 맹점을 가지고 있습니다. 현금이 극심하게 부족한 경제 공황 시기에 저당 잡힐 수 있는 땅은 이미 모두 저당 잡힌 상태인 커닝햄 씨는 한사상속된 땅을 처분할 수 있는지 변호사인 애티커스 씨에게 상담해 옵니다. 겨우 푼돈을 벌어 근근이 이자만 내고 있는 커닝햄 씨가 만약 이자마저 내지 못하게 되면, 그의 땅은 모두 은행에 넘어가게 될 것입니다.

WPA, 즉 공공근로 사업은 루스벨트 대통령이 경제 대공황을 타개하기 위해 시행한 뉴딜정책의 하나입니다. 실업 상태의 국민에게 국가가 댐 건설이나 나무 가꾸기 등의 정부 주도 공공사업 일자리를 제공합니다. 하지만 커닝햄 씨는 공공근로 일자리로 현금을 얻을 기회를 거부합니다. 자신의 땅을 가꿔야 한다는 이유 이외에 또 하나 흥미로운 이유는 "자신이 원하는 대로 투표하기"를 원하기 때문입니다. WPA는 정부 주도 사업이지만, 이 사업에 참여해 일자리를 얻는다고 해서 반드시 친정부적인 투표를 해야 하는 것은 아닙니다. 그럼에도 정부 사업에 고용되어 돈을 벌면 정부에 표를 주어야 한다는 것이 커닝햄 씨 같은 남부 농민의 일종의 윤리의식이었던 듯합니다. 애티커스는 커닝햄 씨 사람들을 "set breed of men"이라고 표현하는데요, 이는 자기 나름의 원칙을 고수하는 사람들이라는 의미입니다. 돈 몇 푼에 자존심을 팔지 않는 사람들이라는 뜻이지요.

커닝햄 사람들의 원칙은 커닝햄 씨의 아들 월터 커닝햄에 대한 스카웃의 설명에서도 나타납니다.

"괜찮아요, 선생님. 어쨌든 선생님도 곧 이곳 사람들을 아시게 될 테니까요. 커닝햄 사람들은 갚을 수 없는 것은 절대 받지 않아요. 교회에서 주는 음식 바구니나 지역 상품권도요. 그 집안사람들은 누구한테서도 아무것도 받지 않아요. 자신들이 가지고 있는 것으로 그럭저럭 살아간답니다. 가진 것은 별로 없지만 그렇게 살아가요."

"That's okay, ma'am, you'll get to know all the county folks after a while. The Cunninghams never took anything they can't pay back — no church baskets and no scrip stamps. They never took anything off of anybody, they get along on what they have. They don't have much, but they get along on it."

깡마르고 왜소한 몸집의 월터 커닝햄은 학교에 점심 도시락을 싸 올 형편이 안 됩니다. 신참 캐롤라인 선생님은 점심값으로 25센트를 빌려주려 하지만, 월터는 절대 받지 않지요. 월터는 신발이 없어 맨발로 다닐 정도로 가난하지만, 셔츠와 작업복을 깨끗하게 잘 수선해서 단정한 옷차림으로 학교에 옵니다. 월터는 스카웃의 오빠 젬의 호의로 스카웃의 집에 와서 점심을 먹습니다. 충동을 누르지 못하고 음식에 시럽을 양껏 들이붓는 모습을 보이기도 하지만, 남에게 폐 끼치는 것을 부끄러워할 줄 아는 아이입니다. 애티커스 씨와 의젓하게 농사일에 대해 대화를 나눌 정도로 제 몫을 하는 월터는 독립심과 자긍심을 지키려는 커닝햄 집안의 기질을 보여 주는 소년입니다. 월터를 보면, 아버지 커닝햄 씨가 어떤 사람인지 짐작할 수 있지요.

아마도 평탄한 시대였다면, 커닝햄 씨는 성실하고 선한 농부로 살았을 것입니다.

하지만 경제 대공황은 커닝햄 씨를 폭도로 변화시켰습니다. 백인 여성 메이옐라 이웰을 강간했다는 누명을 쓰고 메이콤 감옥에 갇혀 있는 흑인 톰 로빈슨을 공격하러 몰려온 폭력 군중이 되어 버린 겁니다. 톰 로빈슨을 보호하기 위해 애티커스는 감옥 앞을 지키며 군중과 대치를 벌입니다. 자칫 폭력 사태로 번질 뻔한 긴장된 순간에, 스카웃은 아빠 애티커스를 위해 용감하게 나섭니다. 스카웃은 군중 속에 있는 커닝햄 씨의 마음을 움직일 말을 합니다. "한사상속은 어떻게 되어 가고 있나요?", "한사상속은 나빠요"라는 스카웃의 말은 감옥 앞에 모인 군중들에게 분노의 근원이 사실은 경제적 어려움이라는 점을 일깨워 줍니다. 자신들의 경제적 불만을 무고한 약자에 대한 적개심으로 표출하고 있다는 거지요.

스카웃은 또한 자신이 커닝햄 씨의 아들 월터와 학교에서 같이 공부하고 같이 밥도 먹는 친구라는 사실을 일깨워 줍니다. 지금 대치하고 있는 애티커스와 스카웃은 바로 그들의 이웃이며 친구라는 것을요. 스카웃의 말을 듣고 커닝햄 씨와 군중들은 모두 멍해집니다. 적개심과 분노로 죄 없는 한 인간을 희생양으로 삼고, 자신들을 도와주던 친구를 공격하려 했다는 것을 깨닫습니다. 그리고 아빠 애티커스를 지키겠다고 나선 어린 스카웃과 젬을 보며 어쩌면 자신들의 자녀들을 생각했겠지요. 어색해하던 그들은 스스로 물러납니다. 스카웃은 커닝햄 씨를 비롯한 군중들의 내면에 남아 있던 선한 본

성과 양심, 그리고 공감력을 자극했던 겁니다.

아빠를 공격하려 했던 커닝햄 씨에 대해 불평을 늘어놓는 스카웃에게 애티커스는 말합니다.

> 아빠[애티커스]는 포크를 나이프 옆에 내려놓고 접시를 옆으로 치웠다. "커닝햄 씨는 근본적으로 좋은 사람이란다. 단지 약한 지점이 있을 뿐이지. 우리도 마찬가지야." 아빠는 말씀하셨다.
>
> Atticus placed his fork beside his knife and pushed his plate aside. "Mr. Cunningham's basically a good man," he said, "he just has his blind spots along with the rest of us."

애티커스가 말하는 커닝햄 씨의 "약한 지점(blind spot)"은 경제적 어려움과 편견입니다. 어려움에 빠졌을 때, 인간은 잘못된 행동을 하기도 합니다. 커닝햄 씨가 경제적 어려움에 대한 분노를 엉뚱한 약자에게 푸는 것처럼요. 하지만 그들을 단지 폭도로 몰아 버리면, 어쩌면 개선의 여지가 더 이상 없을 것입니다. 이해와 공감은, 다른 사람과 마찬가지로 내게도 약점과 아픔이 있을 수 있다는 자각에서 시작될 것입니다. 분노를 엉뚱한 곳으로 분출하는 행동은 당연히 잘못되었지만, 갑작스럽게 벼락처럼 닥친 경제 공황으로 평생을 일군 소중한 땅을 은행에 다 빼앗길지도 모른다는 그들의 두려움도 이해할 수 있을 듯합니다. 이러한 공감이야말로 오바마가 말했듯이, 수많이 차이와 입장들이 존재하는 사회에서 서로 이해하며 공존하기 위한 필수적인 가치일 것입니다.

"한 백인 여성을 가엽다고 생각할 정도로 대단한 용기를 지닌 흑인"

미국에서 노예제도는 1862년에 폐지되었으나, 1930년대 남부에는 '흑백분리정책(segregation)', 일명 짐 크로 법(Jim Crow laws)이 거의 합법적으로 존재했습니다. '거의 합법적'이라는 말은 짐 크로 법이 엄밀히 말해 법은 아니지만, 사회적 규범으로서 누구나 당연히 받아들이고, 어길 경우 징벌이 가해졌다는 의미입니다. 짐 크로 법은 사회적 공간에서 백인과 흑인을 분리하는 것입니다. "분리되나 평등하다(separated but equal)"는 명분 아래 흑인들은 교회, 법정, 학교, 식당, 화장실, 버스나 기차 좌석 등 모든 영역에서 백인과 분리된 공간을 써야 했습니다. 2018년에 개봉되어 큰 인기를 끈 영화 〈그린북(Green Book)〉은 1960년대에도 짐 크로 법이 남부에서 얼마나 강력했었는지를 보여 줍니다. 미국 전역에서 성황리에 콘서트를 열고, 백악관에 초청될 정도로 뛰어난 실력과 명성을 지닌 피아니스트 돈 셜리 박사는, 단지 흑인이라는 이유로 남부의 레스토랑에서 백인과 함께 하는 식사나 화장실 사용을 금지당합니다. 모텔도 흑인용에서 따로 자야 했지요. 『앵무새 죽이기』에서도 당연히 흑백분리가 보입니다. 소설에서 흑인은 백인이 다니는 교회와 다른 교회에 다니고, 법정에서도 흑인에게 지정된 발코니석에만 앉습니다.

인간은 이런 사회적 관습, 혹은 규범 안에서 살아가고 있음에도 종종 그 관습의 테두리를 넘습니다. 예를 들어, 애티커스 씨 집에서 일하는 흑인 하녀 캘퍼니아 아줌마는 주인집 백인 아이들인 스카웃과 젬을 마치 엄마처럼 엄하게 훈육합니다. 어린 시절 주인에게서 글을 배운 캘퍼니아는 스카웃에게 글을 가르치기도 하고 잘못된 행동을 하면 따끔하게 혼내 주기도 하지요. 알렉산드라 고모가 못마땅해하듯이, 캘퍼니아는 스카웃 가족에게 흑인 하인이기보다는 고마운 식구 같은 존재입니다. 억울한 누명을 쓴 톰 로빈슨의 재판에서 톰의 고용주인 백인 링크 디즈 씨는 재판에서 톰을 옹호하며 열변을 토하다가 재판장에 의해 제지당하기도 합니다. 그는 가장을 잃은 톰의 아내 헬렌에게 일거리를 주고, 이웰 씨의 공격으로부터 보호해 주기도 합니다. 물론 남부 마을 메이콤에서 인종 차별적 관습은 여전히 존재합니다. 하지만 그 관습이 가로막지 못하는, 흑인과 백인 사이의 인간적인 정서적 유대를 이 소설은 보여 줍니다.

『앵무새 죽이기』의 톰 로빈슨 사건이 스코츠버러 사건과 다른 점은 바로 이 정서적 유대와 공감을 그려 냈다는 것입니다. 스코츠버러 사건이 당시 백인 중심의 미국 사회와 사법 제도가 얼마나 인종 차별적이었는지를 보여 주었다면, 『앵무새 죽이기』는 인종 차별 문제뿐 아니라, 인종적 관습을 뛰어넘는 흑인과 백인 사이의 인간적 공감이 얼마나 왜곡되어 받아들여질 수 있는지 보여 준다는 점에서 독특합니다.

톰 로빈슨 사건은 백인 여성 메이옐라 이웰이 흑인 남성 톰 로빈슨에게 성범죄를 당했다고 무고한 사건입니다. 톰과 메이옐라는 이전부터 아는 사이였습니다. 톰이 가끔씩 메이옐라의 일을 도와주었지요. 이웰 씨 가족은 마을 변두리 쓰레기 하치장에 흑인들이 살다 버리고 간 집에서 쓰레기를 뒤지며 살아가고 있습니다. 머리에 이가 들끓는 아이들은 학교에 다니지도 않은 채 방치되어 있고, 아버지 이웰 씨는 얼마 안 되는 정부 지원금을 술로 탕진하며 아이들을 구타하고 학대합니다. 엄마가 없는 집안의 장녀 메이옐라 이웰은 집안일과 일곱이나 되는 동생들을 돌보는 짐을 홀로 짊어지고 힘겹게 살아가고 있습니다. '친구'라는 말의 의미도 모를 만큼 어떤 사회적 교류도 없이 힘겨운 가사 노동과 아버지의 학대만 있는 집안에 고립된 메이옐라 이웰은 흑인보다도 더 가엽고 비참한 존재일 것입니다.

톰 로빈슨이 증언하는 동안, 메이옐라 이웰이 이 세상에서 가장 외로운 사람이었음이 틀림없다는 생각이 들었다. 25년 동안 집 밖에 나오지 못한 부 래들리보다도 더 외로워 보였다. 아빠가 친구가 있냐고 물으셨을 때, 그녀는 그 말이 무슨 뜻인지도 잘 모르는 것 같았다. 그러고는 아빠가 놀리는 것으로 생각했던 거다. 그녀는 젬이 혼혈아라고 부른 아이들만큼이나 슬퍼 보였다. 백인들은 그녀가 돼지들 속에서 살고 있기에 상대하려고 하지 않았다. 흑인들은 그녀가 백인이기 때문에 상대하지 않았다. 그녀는 흑인들과 어울리는 것을 더 좋아하는 돌퍼스 레이먼드 아저씨처럼 살아갈 수도 없었다. 그녀는 강기슭의 땅을 갖고 있지도 않았고 명문가 출신도 아니기 때문이다. 이웰 집안사람들에 대해 "그건 그들의 생활 방식이지"라고 말하는 사람은 단 한 사람도 없었다. 메이콤군은 그들에게 크리스마스 바구니를 보내고 극빈자 복지 기금을 보내고 또한 경멸을 보냈다. 톰 로빈슨은 아마 그녀에게 상냥하게 대해 주는 유일한 사람이었을 거다. 하지만 그녀는 지금 그가 자신을 겁탈했다고 주장하고 있으며, 일어서서 그를 노려보았다. 마치 그가 자신이 밟고 있는 더러운 흙이라도 되는 것처럼.

As Tom Robinson gave his testimony, it came to me that Mayella Ewell must have been the loneliest person in the world. She was even lonelier than Boo Radley, who had not been out of the house in twenty-five years. When Atticus asked had she any friends, she seemed not to know what he meant, then she thought he was making fun of her. She was as sad, I thought, as what Jem called a mixed child: white people wouldn't have anything to do with her because she lived among pigs; Negroes wouldn't have anything to do with her because she was white. She couldn't live like Mr. Dolphus Raymond, who preferred the company of Negroes, because she didn't own a riverbank and she wasn't from a fine old family. Nobody said, "That's just their way," about the Ewells. Maycomb gave them Christmas baskets, welfare money, and the back of its hand. Tom Robinson was probably the only person who was ever decent to her. But she said he took advantage of her, and when she stood up she looked at him as if he were dirt beneath her feet.

가난한 백인 여성 메이엘라 이웰은 백인과 흑인 어느 쪽에도 속하지 못한 혼혈인들처럼 사회의 맨 밑바닥층에 있는 인물입니다. 백인 사회가 이웰 씨 가족에게 준 것은 얼마 안 되는 물질적 도움과 경멸이었지요. 메이엘라를 인간적으로 가엽게 여겼던 유일한 인물이 바로 톰 로빈슨입니다.

하지만 톰 로빈슨 사건 재판에서 검사와 백인 청중들을 가장 격분시킨 것은 바로 흑인인 톰 로빈슨이 백인인 메이엘라 이웰을 가엽게 여겼다는 것입니다. 길머 검사는 톰 로빈슨에게 왜 돈도 받지 않고 메이엘라 이웰을 도와주었는지 캐묻습니다. 메이엘라에게 다른 마음을 품고 있었다는 자백을 끌어내기 위해서였지요. 하지만 톰은 말합니다.

"예, 메이엘라 아가씨가 불쌍했어유. 그 집 다른 누구보다 더 많은 일을 하는 것 같았거든유."

"그 여자가 불쌍했다고? 당신이 그 여자를 불쌍하게 여겼다고?" 길머 검사는 거의 천장으로 뛰어오를 것 같았다.

톰은 자신의 잘못을 깨닫고 의자에서 불편하게 몸을 움직였다.

하지만 이미 엎질러진 물이었다. 우리 아래쪽에 있는 청중 누구도 톰의 대답을 마음에 들어 하지 않았다. 길머 검사는 그 감정이 청중들에게 흠뻑 스며들도록 오랫동안 멈추었다.

"Yes, suh. I felt right sorry for her, she seemed to try more'n the rest of 'em—"

"You felt sorry for her, you felt sorry for her?" Mr. Gilmer seemed ready to rise to the ceiling.

The witness realized his mistake and shifted uncomfortably in the chair. But the damage was done. Below us, nobody liked Tom Robinson's answer. Mr. Gilmer paused a long time to let it sink in.

법정에 있는 사람들은 이미 톰이 착하고 성실하며 이웰 씨 가족이 얼마나 형편없는 사람들인지 알고 있습니다. 법이나 도덕과 상관없이 살아가는 이웰 가족의 증언이 거짓임을 모두 알고 있었을 겁니다. 그리고 메이옐라를 가엽게 여긴다는 톰의 말이 진심이라는 것도 알고 있겠지요. 하지만 흑인인 톰은 감히 백인인 메이옐라를 불쌍하게 여긴다는 말을 입 밖에 내서는 안 되었습니다. 그리고 메이옐라가 톰을 좋아한다는 사실도 발설되지 말아야 할 것이지요. 돌퍼스 레이몬드 씨처럼 재산이 있는 남성이라면 사회규범을 어겨도 상관없이 살아갈 수 있지만, 가난한 여성인 메이옐라에게는 불가능한 이야기입니다. 그래서 메이옐라는 자신에게 가해질 사회적 지탄을 피하고자 톰에게 누명을 씌웁니다. 법정에 있는 사람들 모두 알고 있는 진실이지만, 결코 말해서도, 인정해서도 안 될 진실이지요.

메이옐라 이웰을 구타한 사람은 왼손잡이인 아버지 이웰 씨가 틀림없다는 명백한 증거와 애티커스 씨의 감동적 연설에도 불구하고, 백인 남성들로만 구성된 배심원들은 만장일치로 톰에게 유죄 결정을 내립니다. 애티커스가 말했듯이, 법정에 모인 청중들은 자신들의 믿음, 즉 "모든 흑인은 거짓말쟁이이고 부도덕하다는 잘못된 편견"을 깨뜨리고 싶지 않았지요. 이런 편견이 "한 백인 여성을 가엽다고 생각할 정도로 대단한 용기를 지닌 조용하고 존경할 만하고 겸손한 흑인"을 죽음으로 내몰았던 것입니다.

"부 래들리의 현관문에 서 있는 것이면 충분했다"

『앵무새 죽이기』에서 앵무새는 무고한 희생양을 의미합니다. 'mockingbird'는 원래 '흉내지빠귀'라는 새인데, 우리에게 낯선 새 이름 대신 친숙한 '앵무새'로 번역한 듯합니다. 앵무새가 사람의 소리를 흉내 낸다면, 흉내지빠귀는 다른 새들의 노래를 흉내 낸다고 합니다. "앵무새들은 인간을 위해 노래를 불러 줄 뿐이지… 인간에게 아무 해도 끼치지 않고 온 마음을 다해 우리에게 노래를 불러 줄 뿐이야. 그래서 앵무새를 죽이는 게 죄인 거란다." '앵무새 죽이기'는 자기 마음을 열어 소통하고 공감하려는 사람을 편견과 분노의 희생양으로 삼는다는 의미입니다.

선한 마음으로 메이엘라를 도왔던 톰 로빈슨이 바로 그 희생양입니다. 경제 위기로 인한 분노와 인종적 편견의 희생양이 되었지요. 폭력과 희생은 여러 층위에서 이루어집니다. 이 소설의 또 한 명의 희생양은 바로 아서 래들리(Arthur Radley), 즉 부 래들리(Boo Radley)입니다.

부 래들리는 종교적 극단주의의 희생양입니다. 엄격한 종교주의는 사회적 활동을 금하고 자신들의 영역을 고집하는 배타성을 특징으로 합니다. "세족 침례교도(foot-washing Baptist)"였던 래들리 씨는 "하나님의 말씀을 유일한 법으로 생각"하는 사람입니다. 래들리 씨 집안사람은 마을 사람들과 교류하지 않습니다. 그들은 마을 사람들이 다니는 교회에 나가지 않고 집에서 자신들끼리 예배를 보며, 그 어떤 사교 모임에도 나가지 않습니다. 일요일에는 늘 문을 열어 두는 메이콤 마을 사람들과 달리, 래들리 씨 집의 문은 늘 굳게 닫혀 있습니다. 부 래들리의 비극은 그가 폐쇄적인 자기 가족과 너무 달랐다는 사실에서 비롯됩니다.

지금은 아이들에게 공포심을 자극하는 미스터리의 주인공이지만, 부 래들리는 원래 사회성이 좋은 사람이었습니다. 청소년들이 대개 그러하듯이, 부 래들리도 십 대 시절에 친구들과 어울려 다니다 사람들의 입에 오르게 됩니다. 딱히 사고를 친 것은 아니지만, 부 래들리 무리는 메이콤 법정 직원을 화장실에 감금했다가 법정에 끌려갑니다. 메이콤의 여론은 이 철없는 십 대 아이들을 따끔하게 혼내 줘야 한다는 것이었고, 메이콤 법정은 그에 걸맞게 소년들을 교도소가 아닌 주립 실업 학교에 보내라는 결정을 내립니다. 숙식이 제공되고 기술을 가르쳐 곧바로 사회에 나와 제 몫을 하거나 상급학교에 진학할 수도 있는 좋은 시설입니다. 다른 아이들은 법원 판결에 따라 교육받고 정상적으로 사회생활을 했지만, 부 래들리는 아버지에 의해 지하실에 감금되어 15년이 지나도록 집 밖에 나오지 못합니다.

사람들과 교류하고 소통하는 것이 정상적인 인간의 모습입니다. 사회적 교류에서 단절된 인간의 억눌린 감정은 폭력적 형태로 분출됩니다. 오랜 감금의 와중 어느 날, 부 래들리는 가위로 신문을 오리다가 갑자기 지나가는 아버지의 다리를 찌르고는 다시 자리에 앉아서 하던 일을 계속합니다. 이 사건 탓에 부 래들리는 마을 사람들에게 공포 영화의 괴물처럼 여겨지게 되지요. 래들리 씨가 죽었을 때, 캘퍼니아는 침을 뱉으며 말합니다. "저기 세상에서 가장 못돼 먹은 인간이 가는구나(There goes the meanest man ever God blew breath into)." 자신의 편협한 종교적 믿음을 강요하며 자식을 억압하고 감금한 인간에게 합당한 말입니다. 래들리 씨의 맏아들인 네이선 래들리도 똑같은 사람이었습니다. 부 래들리와 아이들이 서로 선물과 편지를 주고받으며 교류하는 것을 알게 되자, 그는 소통의 장소인 나무 구멍을 시멘트로 막아 버립니다.

부 래들리 이야기는 소통과 공감이라는 『앵무새 죽이기』의 주제에 대한 좀 더 깊은 이야기를 담고 있습니다. 사실 남의 처지를 이해한다는 것은 말처럼 쉬운 일은 아닙니다. 인간 사이에는 피부색 말고도 경제, 종교, 성별 등 여러 가지 차이가 있습니다. 동질 집단

안에서도 여러 차이가 존재하지요. 예를 들어, 이 소설에 등장하는 백인 집단 안에서도 교육과 재산의 유무에 따라 계층이 나뉘고, 아예 이웰 씨 가족처럼 교육, 재산, 인성 면에서 흑인 집단보다 더 저열한 집안도 있습니다.

부 래들리는 젬과 스카웃을 죽이려는 이웰 씨와 격투를 벌여 아이들을 구합니다. 병약했던 부 래들리가 집 밖에 나와 아이들을 구하는 영웅적인 행동을 한 것입니다. 그렇다면 그는 이제부터 사회에서 사람들과 교류하며 살 수 있을까요? 소설의 결말은 그렇지 않습니다. 메이콤군 보안관인 테이트 씨는 이웰 씨가 아이들을 해치려는 과정에서 스스로 칼에 찔린 것으로 처리합니다.

"(…) 제 생각에는요, 변호사님과 이 마을을 위해 훌륭한 일을 해낸 저 부끄럼 많은 사람을 온 세상 사람 앞에 드러낸다는 건, 그건 제게는 죄입니다요. 전 절대로 그런 일을 할 수 없습니다. 다른 사람이라면 달랐겠지요, 하지만 핀치 씨, 이 사람은 아닙니다."

"(…) To my way of thinkin', Mr. Finch, taking the one man who's done you and this town a great service an 'draggin' him with his shy ways into the limelight—to me, that's a sin. It's a sin and I'm not about to have it on my head. If it was any other man, it'd be different. But not this man, Mr. Finch."

오랫동안 감금 생활을 한 부 래들리는 이제 정상적인 사회생활이 힘든 사람이 되었습니다. 딜이 말했듯이, 부 래들리가 도망치지 않는 이유는 달아날 곳이 없기 때문일 겁니다. 오랜 시간 집 안 지하실에 갇혀 있었기 때문에, 몸도 약하고 사람들과 사귀는 방법을 배울 기회도 없었으니까요. 그가 할 수 있는 일이라고는 집에서 바깥세상을 내다보다가, 자신의 집을 기웃거리며 호기심을 보이는 아이들에게 동전이나 시계 등 아끼는 물건을 주거나, 젬이 래들리 씨에게 쫓겨 허겁지겁 벗어 놓고 간 바지를 바느질해서 개어 놓을 수 있을 뿐이지요. 사회적 교류가 중요하다며, 그렇게 병약한 사람을 세상 사람들의 눈길과 입길에 억지로 드러내 놓는 것은, 테이트 씨의 말대로 죄이며 폭력일 수 있습니다.

『앵무새 죽이기』의 이야기는 스카웃이 부 래들리를 집까지 부축해 주면서 마무리됩니다. 부 래들리가 집에 들어가고, 스카웃은 부 래들리의 현관문 앞에서 몸을 돌려 봅니다. 가로등 불빛, 모디 아줌마, 스테파니 아줌마, 듀보즈 할머니, 그리고 자신의 집까지 보면서, 스카웃은 자신이 지금까지 한 번도 부 래들리의 현관문 앞에서 메이콤 마을을 본 적이 없다는 것을 깨닫습니다. 마을 사람들의 모습들, 젬과 딜, 그리고 스카웃 자신이 연극 놀이를 하던 모습, 듀보즈 할머니 집에 투덜대며 가던 모습, 아빠가 톰 로빈슨 재판에 져서 실망했던 모습, 부 래들리가 집에 숨어 지켜봤을 이 모든 모습들이 스카웃 앞에 주마등처럼 스쳐 지나갑니다. 그리고 아빠 애티커스가 말한 공감의 의미를 깨닫습니다.

아빠[애티커스]가 옳았다. 언젠가 아빠는 남을 이해하려면 완전히 그 사람의 입장이 되어야 한다고 말했다. 부 래들리의 현관문에 서 있는 것이면 충분했다.

Atticus was right. One time he said you never really know a man until you stand in his shoes and walk around in them. Just standing on the Radley porch was enough.

부 래들리의 현관문 앞에 서서 그의 관점에서 세상을 보는 것, 이것이 어쩌면 공감의 시작이자 모든 것일 수 있습니다. 현관문 앞까지만 나올 수 있는 부를 억지로 끌어내거나, 왜 세상 밖으로 나오지 않느냐고 채근할 필요는 없을지도 모릅니다. 그가 힘겨워할 때 그를 부축해서 집까지 바래다주는 것, 그리고 그의 현관문 앞에 서 보는 것만으로도 진정한 공감이 가능할지 모릅니다.

12

당신의 심장을 따르라

스티브 잡스의 「스탠퍼드 대학 졸업식 연설문」

스티브 잡스(Steve Jobs)는 1955년 미국 캘리포니아주 샌프란시스코에서 태어났습니다. 위스콘신 대학에 다니던 시리아 명문가 출신 아버지와 독일계 어머니는 부모의 반대로 결혼하지 못했고, 결국 스티브 잡스는 폴과 클라라 잡스 부부에게 입양됩니다. 잡스의 양부모는 기계공 노동자로 빠듯하게 살면서도 잡스의 교육을 위해 최선을 다합니다. 학교에 적응하지 못하는 잡스를 위해 학군이 좋은 지역으로 이사를 하고, 대학에 별 뜻이 없던 잡스를 설득하여 대학에 진학시킵니다.

그러나 잡스는 대학을 중퇴합니다. 그러고는 아버지 차고에 애플을 차려 개인용 컴퓨터 시대의 서막을 열어젖히게 됩니다. 잡스는 매킨토시로 IT계의 스타가 되었지만, 그 뒤 애플에서 해고되었다가 10여 년 만에 복귀하는 등 여러 어려움을 겪습니다. 그런 중에도 끊임없이 혁신적인 제품을 내놓아 혁신의 아이콘이 되었습니다.

잡스는 여러 인터뷰와 광고 등을 통해 인상적인 말과 글들을 많이 남겼습니다. 그중에서도 2005년 스탠퍼드 대학 졸업식 연설문은 죽음의 고비에 이르기까지 자신의 인생을 돌아보며 젊은이들에게 삶의 지혜를 들려주는 명문으로 꼽힙니다.

1984년 1월 24일, 캘리포니아주 디엔자 대학 플린트 센터에서 IT 역사에 한 획을 긋는 사건이 일어납니다. 개인용 컴퓨터(personal computer) 시대를 열어젖혔다고 평가받는 매킨토시가 수천 명 청중 앞에 최초로 모습을 드러낸 것입니다. 이 행사의 주인공은 '매킨토시의 아버지' 스티브 잡스였습니다. 그는 3세대 개인 컴퓨터 매킨토시의 각종 사양과 용량, 새로운 기능을 설명한 다음, 가방에서 스크린이 내장된 매킨토시 실물을 꺼내 선보입니다. 그가 윗옷 안주머니에서 플로피 디스크를 꺼내 매킨토시에 끼우자, 영화 〈불의 전차〉 주제가가 흘러나오는 가운데, 'MACINTOSH, insanely great(매킨토시, 진짜 대단해)!'라는 글자가 한 자 한 자 컴퓨터 스크린에 새겨집니다. 뒤이어 매킨토시의 아름다운 폰트와 다양한 아이콘, 그림들의 근사한 그래픽 디스플레이가 펼쳐지고 그때마다 청중들은 놀라움에 환호하며 박수를 보냅니다. 매킨토시가 최초로 말하는 기능을 선보였을 때 청중의 환호는 최고조에 달합니다. 〈스타워즈〉에 등장할 법한 로봇의 목소리로 매킨토시는 유머러스하게 자신과 '자신의 아버지' 스티브 잡스를 소개합니다.

이렇듯 개인용 컴퓨터 역사에 일대 혁명으로 평가받는 매킨토시의 혁신은 무엇보다도 아이콘을 클릭하여 프로그램에 접속하는 그래픽 사용자 인터페이스(GUI)를 채택했다는 점입니다. 이제 컴퓨터에 복잡한 도스 명령어를 입력하는 대신, 아이콘을 클릭하여 손쉽게 프로그램에 접속할 수 있게 된 것이죠. GUI 이외에 스크린과 스피커가 본체에 내장되고 마우스로 조작하는 등, 매킨토시는 이전에 보지 못한 최초의 기능들을 담은 개인용 컴퓨터였습니다. 이런 기능들은 지금 우리에게는 익숙하고 당연하지만, 당시에는 이전에 본 적 없는 전혀 새로운 컴퓨터의 출현을 알리는 하나의 사건이었습니다.

스티브 잡스를 우리 시대 창의와 혁신의 대명사로 칭하는 데 반대할 사람은 없을 겁니다. 그는 평범한 노동자 집안의 입양아로 자라, 스무 살에 아버지 집 차고에서 친구 워즈니악과 단둘이 창업한 애플을 10년 만에 4천 명 직원을 둔 20억 달러 자산의 회사로 성장시켰습니다. 매킨토시의 혁신적인 기술과 탁월한 광고전략으로 세간의 이목을 집중시키며 엄청난 성공과 명성을 얻지만, 바로 그 이듬해에 그는 애플에서 해고됩니다. 창업 후 10년을 전력투구한 회사에서 해고된 아픔은 작지 않았습니다. 스탠퍼드 졸업식 연설에서 말했듯이, 너무나 부끄러워 실리콘 밸리에서 도망쳐 버리고 싶었을 정도였지요. 하지만 그는 멈추지 않았습니다. 애플을 떠난 후에도, 그리고 15년이 지나 애플에 돌아온 후에도, 그는 손을 대는 곳마다 혁신 기술로 시장의 판도를 바꾸어 놓습니다.

애플에서 해고된 후, 그는 픽사를 설립하여 최초의 컴퓨터 그래픽 애니메이션인 〈토이 스토리(Toy Story)〉와 〈벅스 라이프(Bug's Life)〉를 내놓았습니다. 픽사가 내놓은 CG 애니메이션은 디즈니로 대표되는 기존 애니메이션을 쇠퇴의 길로 내몰면서 애니메이션 시장의 판도를 바꾸어 놓습니다. 2000년 애플로 복귀한 뒤에는 아이팟과 아이튠을 출시하여 디지털 대중음악 시장의 판도를 바꾸어 놓았고, 이후 아이폰과 아이패드로 스마트기기 혁명을 이끌며, 현재 우리가 사용하는 디지털 모바일의 생태계를 만드는 데 결정적 역할을 합니다.

스티브 잡스는 끊임없이 도전하고, 때로는 실패도 하면서, 혁신을 통해 새로운 것을 창조해 갔습니다. 2020년대 현재, IT 기술은 스티브 잡스가 살아 있을 당시보다 훨씬 더 빠르게 진화하고 있지만, 우리가 생활하고 일하고 문화를 즐기는 방식의 바탕은 스티브 잡스가 이루어 놓은 기술입니다. 그는 단지 수익을 좇는 사업가(businessman)가 아니라, 기술 혁신으로 새로운 길과 가치를 추구하는 모험적인 기업가(entrepreneur)의 표상을 보여 줍니다.

스티브 잡스의 창의와 혁신 정신은 그의 수많은 프레젠테이션, 슬로건, 어록 속에 남아 있습니다. 그중에서도 2005년 스탠퍼드 대학 졸업식 연설은 평생을 창의적 혁신가로 살아온, 그리고 죽음의 위협까지 직면해 본 한 인간으로서 스티브 잡스의 단단하고 깊은 성찰과 철학이 담긴 명연설문으로 꼽힙니다. 이 연설에서 그는 태어나자마자 입양돼 자란 유년 시절부터 대학 시절, 애플을 세우고 해고당하고 또 그것을 극복해 나간 시간, 그리고 죽음과 마주한 지금에 이르기까지 지나온 날들을 담담하면서 유머러스하게, 또한 강력하고도 풍부한 울림을 주는 이미지와 어구로 풀어내 청중을 사로잡습니다. 이 연설에는 그가 전 생애를 통해 구현해 온 창의와 혁신의 정신이 집약되어 있습니다.

단순함이 궁극의 정교함이다

1976년 컴퓨터 조립 회사로 출발한 애플은 이듬해인 1977년 1세대 개인용 컴퓨터 Apple II를 본격 출시합니다. Apple II를 출시하면서 "단순함이 궁극의 정교함이다(Simplicity is the ultimate sophistication)"라는 슬로건을 내건 이래, '단순함'과 '정교함'이라는 키워드는 제품의 디자인뿐만 아니라, 회사의 운영방식과 홍보 등 애플의 모든 것을 방향 짓는 정신이 됩니다. 스티브 잡스 전기를 쓴 작가 월터 아이작슨의 말대로 "단순함이란 복잡성을 무시하는 게 아니라, 그것을 극복함으로써 얻을 수 있습니다." 예를 들어, 스크린과 스피커를 컴퓨터 안에 내장하고, 복잡한 케이블 선들을 하나로 정리하며, 제품의 복잡한 모양들을 부드럽고 단순한 선으로 통일시키는 단순함입니다. 그 부드러운 단순함은 치열한 노력과 수많은 시도, 그리고 보이지 않는 부분까지 최선을 다하는 완벽주의의 결과물입니다.

단순함 속에 정교함을 담은 애플의 디자인처럼, 스티브 잡스의 스탠퍼드 대학 졸업식 연설문은 단순하지만 잘 짜인 구조와 군더더기 없이 간결하고 우아한 문장들로 이루어져 있습니다. 거기에서 드러나는 강렬한 이미지와 명료한 메시지는 청중들을 매료합니다. 월터 아이작슨은 이 연설문의 특징을 애플의 디자인에 비유하여 "기교적 미니멀리즘(artful minimalism)"이라 규정했습니다.

스탠퍼드 연설문의 기교적 미니멀리즘은 우선 연설문의 구조에서 확인할 수 있습니다. 스티브 잡스는 연설을 세 가지 이야기로 구성합니다. 그 세 이야기는 그의 인생의 세 시기와 일치합니다.

첫 번째는 스티브 잡스가 태어나자마자 입양되어 자라 대학에 입학하고는 곧바로 휴학하여 청강생으로 보내던 시절의 이야기입니다. 여기서 그는 대학 졸업과 성공적인 사회생활이라는 일반 공식을 따르지 않고 그저 끌리는 대로 호기심을 따라 수업이나 모임을 기웃거리던 시절의 경험이 지금 기업가로서 성공한 모습에 어떻게 기여했는지 말합니다.

두 번째는 애플을 창업하여 성공 가도를 달리다 해고된 뒤 그 좌절을 딛고 일어서 마침내 애플에 되돌아오기까지의 이야기입니다. 이 이야기에서 그는 스스로 위대하다고 여기는 일, 사랑하는 일을 포기하지 말고 끝까지 찾으라고 역설합니다. 가치 있는 일에 대한 신념과 사랑이야말로 실패와 좌절을 이기는 힘이라는 메시지를 스티브 잡스는 생생한 경험으로 전달합니다.

마지막 세 번째는 췌장암 진단을 받고 죽음과 마주 섰던 최근의 이야기입니다. 그는 죽음에 대한 인식이야말로 인간을 자기 삶과 온전히 마주하게 만드는 힘이라고 말합니다. 죽음에 직면했을 때 비로소 모든 두려움에서 풀려나 자신이 진정 원하는 삶을 살 수 있다는 것입니다. 일평생 치열한 전쟁을 치르는 투사처럼 살았고, 죽음까지도 넘어 이 자리에 선 스티브 잡스의 삶과 죽음에 대한 깊은 철학적 성찰은 청중들의 가슴에 진한 여운과 감동을 남깁니다. 자기 인생을 세 시기로 개괄하면서 삶의 조언을 주는 구조를 가진 이 연설은 마치 장인이 공들여 지은 건축물을 보는 듯합니다.

이 연설문의 기교적 미니멀리즘은 간결한 문장과 강렬한 시각적 이미지, 그리고 정교한 언어 선택에서도 볼 수 있습니다. 연설문 전체가 사실 이러한 특징을 보여 주고 있는데요, 한 예로 그가 대학을 중퇴하고 젊은 시절 방황했던 부분을 보도록 하겠습니다. 대학을 휴학한 후, 캠퍼스에 남아 이리저리 관심 가는 강의를 기웃거리던 자신을 잡스는 이렇게 묘사합니다.

그것은 사실 낭만적이지만은 않았습니다. 기숙사 방이 없어서 친구들 방의 바닥에서 잠을 잤고, 콜라병을 모아서 5센트씩을 받아 음식을 사기도 했으며, 하레 크리슈나 사원에서 주는 무료 급식을 먹기 위해 매주 일요일 밤이면 7마일을 걸어가기도 했습니다. 좋았습니다. 내가 호기심과 직관을 따라 비틀거리며 걸어 들어간 많은 것들은 나중에 값을 매길 수 없을 정도로 귀중한 것이 되었습니다.

It wasn't all romantic. I didn't have a dorm room, so I slept on the floor in friends rooms, I returned coke bottles for the 5¢ deposits to buy food with, and I would walk the 7miles across town every Sunday night to get one good meal a week at the Hare Krishna temple. I loved it. And much of what I stumbled into by following my curiosity and intuition turned out to be priceless later on.

친구 집을 전전하며 바닥에서 새우잠을 잤으면, 사정이 여의치 않을 때는 노숙을 했을 수 있습니다. 콜라병을 주고 5센트씩 모아 음식을 사거나 무료 급식을 위해 7마일을 걸어갔으면, 굶는 때도 있었을 겁니다. 사실 고생스럽고 비참했을 수도 있는 상황을 스티브 잡스는 "낭만적이지만은 않았다"라고 표현합니다. 이 "낭만적(romantic)"이라는 단어는 당시 자신이 어떻게 살았는지를 마무리 짓는 말, "좋았습니다(I loved it)"와 조응합니다. "I loved it"은 직접적으로는 사원에서 주는 무료 급식이 맛있었다는 뜻이겠지만, 그 일차적 의미를 넘어서서 당시 방황하던 생활을 사랑했다는 의미를 포괄합니다. "It wasn't all romantic"에서 시작해서 "I loved it"으로 끝나는 부분은 젊은 시절의 방황에 대한 스티브 잡스의 정서와 사랑을 표현합니다. "I loved it"을 저는 "좋았습니다"로 번역했는데요, 번역이 담아내지 못하는 중층적 의미의 아름다움을 느낄 수 있는 부분이기도 합니다.

위 인용문에서 또 하나 주목해야 할 단어는 'stumble'이라는 동사입니다. 'stumble'은 '돌부리에 걸려 넘어질 것처럼 위태롭게 비틀거리며 걷다'라는 의미입니다. 사전을 찾아보면, 'stumble into'는 일종의 숙어로 '의도치 않게 우연히 어떤 일을 시작하게 되다'라는 뜻을 지니고 있습니다. 호기심과 직관을 따라 여기저기 기웃거리다 우연히 어떤 일을 하게 되었다는 의미이지요. 저는 이 문장에서 'what I stumbled into'를 '비틀거리며 걸어 들어간 것'으로 번역했습니다. 대학 캠퍼스에서 병을 줍거나 무료로 밥을 먹기 위해 7마일이나 걸어가는 스티브 잡스의 모습이 상상되는 문맥에서 'stumble'을 '비틀거리다'라는 원래 뜻으로 번역하는 것이 의미를 훨씬 더 잘 살린다고 보기 때문입니다. 이 문장을 읽다 보면, 이리저리 기웃거리고 비틀거리기도 하면서 자유롭게 배회하는, 마치 히피 같은 잡스의 모습이 보이는 듯합니다. 실제로 잡스는 젊은 시절 히피 문화에 심취했습니다. 'stumble'이라는 단어를 통해 잡스는 젊은 시절 심장을 뛰게 할 그 무언가를 찾아 이리저리 방황하고 다니던 모습을 효과적으로 묘사하고 있습니다.

자신이 10년간 열정을 다 바쳐 키운 애플에서 해고되었을 당시에 대한 묘사 또한 단순하면서도 생생한 이미지를 효과적으로 보여 주는 예입니다.

그렇게 서른 살에 나는 회사에서 쫓겨났습니다. 그것도 아주 떠들썩하게 쫓겨났지요. 성인이 된 이후 내 인생의 중심이었던 것이 사라져 버렸습니다. 정말 비참했습니다. 몇 달간 무엇을 해야 할지 몰랐습니다. 선배 기업가들을 실망시켰다는 생각이 들었습니다. 마치 내게 전달된 이어달리기의 바통을 떨어뜨린 것 같았죠. 나는 데이비드 패커드와 밥 노이스를 만나서 그렇게 망쳐 버린 것을 사과하려 했습니다. 나는 세상 사람들이 다 아는 실패자였고, 실리콘 밸리에서 도망쳐 버릴까 생각도 했습니다. 하지만 서서히 어떤 깨달음이 나에게 다가왔습니다. 나는 여전히 내 일을 사랑하고 있다는 것입니다.

So at 30 I was out. And very publicly out. What had been the focus of my entire adult life was gone, and it was devastating. I really didn't know what to do for a few months. I felt that I had let the previous generation of entrepreneurs down—that I had dropped the baton as it was being passed to me. I met with David Packard and Bob Noyce and tried to apologize for screwing up so badly. I was a very public failure, and I even thought about running away from the valley. But something slowly began to dawn on me—I still loved what I did.

이 연설문에는 걷고 달리는 이미지가 강렬한데요, 예를 들어, 애플에서 해고된 것을 "내게 전달된 이어달리기의 바통을 떨어뜨렸다(I had dropped the baton as it was being passed to me)"라고 표현한 부분입니다. 대학 시절 자신이 진정으로 사랑하며 할 일이 무엇인지 찾기 위해 방황한 것을 천천히 자유롭게 'stumble' 했다고 썼다면, 애플을 창업한 후 10년간 사업가로서 열심히 일해 온 것은 달리기 질주에 비유합니다. 이 달리기는 릴레이 달리기입니다. 데이비드 패커드, 밥 노이스 등 선배들이 달려온 경주를 이제는 자신이 바통을 이어받아 달리고 있는 시점에 그만 바통을 놓쳐 버린 것입니다. 이를 통해 잡스는 자신의 사업을 IT 혁신적 기업가 전통 속에서 바라보고 있으며, 이윤추구에 그치지 않고, 기업의 혁신적 가치와 사회적 책임을 중요하게 여기는 기업가 정신으로 바라보고 있음을 인상적으로 표현합니다.

다른 것을 생각하라

애플에서 쫓겨난 지 12년 만인 1997년에 임시 CEO로 돌아온 스티브 잡스가 심혈을 기울여 만든 광고 슬로건은 "다른 것을 생각하라(Think different)"였습니다. 그리고 그는 아이맥을 성공시킴으로써 기울어 가던 애플을 되살려 놓습니다. 아이맥은 플로피와 CD 디스크를 과감히 없애고, 반투명 케이스로 기존에 보이지 않던 컴퓨터 내부를 볼 수 있게 했습니다. 복잡한 케이블 더미를 제거해서, 사용자는 선 하나만 코드에 연결하면 사용할 수 있게 되었습니다. 기능이 덧붙여질수록 합체되고 단순화된 디자인에 "마치 다른 행성에서 온

듯" 퓨처리즘적인 외형을 갖춘 아이맥 컴퓨터는 애플의 창의와 혁신을 그리워하던 대중들을 다시 열광케 했습니다.

"Think different"의 의미는 애플의 이 광고의 전체 문구를 보면 좀 더 구체적으로 알 수 있습니다.

미친 자들을 위해 축배를. 부적응자들. 반항아들. 사고뭉치들. 네모난 구멍에 박힌 둥근 말뚝 같은 이들. 세상을 다르게 바라보는 사람들. 그들은 규칙을 싫어합니다. 현실 안주를 존중하지 않습니다. 당신은 그들의 말을 인용할 수도 있고, 그들에게 동의하지 않을 수도 있으며, 그들을 찬양하거나 비난할 수도 있습니다. 당신이 할 수 없는 한 가지는 그들을 무시하는 것입니다. 그들은 세상을 바꾸기 때문입니다. 그들은 인류를 앞으로 나아가게 합니다. 어떤 이들은 그들을 보고 미쳤다고 하지만, 우리는 그들을 천재로 봅니다. 자신이 세상을 바꿀 수 있다고 믿을 만큼 미친 자들이 세상을 바꾸기 때문입니다.

Here's to the crazy ones. The misfits. The rebels. The troublemakers. The round pegs in the square holes. The ones who se e things differently. They're not fond of rules. And they have no respect for the status quo. You can quote them, disagree with them, glorify or vilify them. About the only thing you can't do is ignore them. Because they change things. They push the human race forward. While some may see them as the crazy ones, we see genius. Because the people who are crazy enough to think they can change the world, are the ones who do.

다른 것을 생각한다는 것은 규칙이나 통념의 틀에 매이지 않으며, 현실에 안주하지 않는 것입니다. 다른 것을 생각하는 사람들을 세상은 흔히 미친 사람이나 부적응자, 실패자로 간주하곤 합니다. 하지만 세상을 바꾸고 인류를 진보시키는 이들은 바로 이런 다른 것을 생각하는 사람들이라고 잡스는 말합니다.

스탠퍼드 연설문에서 스티브 잡스가 주는 역설적 조언들은 바로 "Think different"의 예시들입니다. 그는 젊은이들에게 미래를 계산하지 말고 심장과 직관이 이끄는 대로 따르라고 조언하는가 하면, 성공과 실패에 대해 기존의 통념과 매우 다른 생각을 내놓습니다. 애플에서 해고당한 경험은 고통스러웠지만, 또 다른 성공의 발판이 되어 주었습니다. 넥스트와 픽사를 설립하여 유례없는 성공을 거두고, 애니메이션 업계의 판도를 바꾸어 놓은 것이죠. 잡스는 당시를 회상하며 다음과 같이 말합니다.

그 당시는 알지 못했지만, 애플에서 해고당한 것은 내 인생에서 일어난 최고의 사건으로 드러났습니다. 성공의 무거움은 모든 것이 불확실한, 다시 시작하는 이의 가벼움으로 대체되었습니다. 이로 인해 나는 자유로워졌고, 나는 인생에서 가장 창조적인 시기로 들어가게 되었습니다.

I didn't see it then, but it turned out that getting fired from Apple was the best thing that could have ever happened to me. The heaviness of being successful was replaced by the lightness of being a beginner again, less sure about everything. It freed me to enter one of the most creative periods of my life.

여기서 성공과 실패는 무거움과 가벼움으로 비유됩니다. 성공의 무거움은 성공한 사람이 차려야 하는 사회적 체면이나 기대 등, 사람을 옭아매는 사회적 힘을 말할 것입니다. 마치 중력이 물체를 땅으로 잡아끌듯이, 성공한 사람은 사회의 중력에 끌려 땅으로 내려앉습니다. 반면에 새로 시작하는 이는 체면 같은 사회적 중력의 부담에서 해방되어 가볍고 자유롭게 날 수 있습니다. 가벼움과 불확실함이야말로 창조성의 조건입니다. 스티브 잡스의 스탠퍼드 연설문을 읽지 않았어도, 누구든지 들어 봤을 유명한 문구, "항상 갈망하고, 항상 어리석어라(Stay hungry, stay foolish)"도 현실에 만족하지 말고 실패를 무릅쓰고라도 자신이 원하는 일을 추구하라는 조언입니다.

기술과 인문학의 결합

애플의 정식 CEO가 된 2011년 스티브 잡스는 IT 역사에 기록되는 또 하나의 제품인 iPad 2를 출시하면서 다음과 같은 말을 남깁니다.

> 애플의 유전자에는 기술만으로는 충분치 않다는 생각이 있습니다. 교양 예술과 결합한 기술, 인문학과 결합한 기술이 우리의 심장을 노래하게 만드는 결과를 내놓지요.
>
> It is in Apple's DNA that technology alone is not enough—it's technology married with liberal arts, married with the humanities, that yields us the results that make our heart sing.

기술과 인문학의 결합(Technology married with the humanities)이란 일차적으로 기술이 예술적인 디자인과 결합하여 실용적이고도 아름다운 제품을 내놓을 줄 알아야 한다는 의미이겠지만, 근본적으로는 사람들이 무엇을 원하는지를 이해하고 그들이 원하는 제품을 내놓을 수 있어야 한다는 의미입니다. 사람들이 원하는 것을 알려면 사람을 알아야 합니다. 인문학의 기본인 인간에 대한 이해가 강조되는 이유입니다.

"소크라테스와 오후를 보낼 수 있다면, 내가 가진 모든 기술을 내놓겠습니다(I would trade all my technology for an afternoon with Socrates)." 스티브 잡스가 2001년 《뉴스위크》 인터뷰에서 한 말입니다. 인간을 제대로 이해할 때, 그가 말하듯, "기술은 우리의 심장을 노래하게 만들 결과를 내놓을 것입니다." 스티브 잡스의 인간 중심은 연설문 내내 반복되는 메시지입니다. 연설문에서 그는 모든 외적인 요소는 중요하지 않으니, 당신의 심장을 따르라, 당신이 사랑하는 일을 하라는 메시지를 반복해서 강조합니다.

인간이 필연적으로 맞이하게 되는 실존적 조건인 죽음을 주제로 한 메시지에서 스티브 잡스의 인간 중심은 가장 강력하게 전달됩니다. 그는 죽음이야말로 모든 외적인 압력에도 개의치 않고 인간을 자기 자신에게 진실할 수 있게 만드는 계기라고 말합니다.

내가 죽는다는 사실을 기억하는 것, 그것은 인생의 중요한 선택을 도운 도구들 가운데 가장 중요한 것입니다. 왜냐하면, 거의 모든 것 — 외부의 기대, 자만심, 망신이나 실패에 대한 두려움 — 이 죽음 앞에서 산산이 부서져 버리고, 진실로 중요한 것만 남기 때문입니다. 자신이 죽는다는 사실을 기억하는 것은 무언가 잃을 것이 있다는 생각의 덫을 피하는 가장 좋은 방법입니다. 우리는 이미 아무것도 걸치고 있지 않습니다. 당신의 심장을 따르지 않을 이유가 없습니다.

Remembering that I'll be dead soon is the most important tool I've ever encountered to help me make the big choices in life. Because almost everything — all external expectation, all pride, all fear of embarrassment or failure — these things just fall away in the face of death, leaving only what is truly important. Remembering that you are going to die is the best way I know to avoid the trap of thinking you have something to lose. You are already naked. There is no reason not to follow your heart.

죽음 앞에서 모든 외적인 것들이 부서져 나가고 남는 "진실로 중요한 것(what is truly important)"은 바로 나 자신이겠지요. 죽음이야말로 바로 나 자신에게 집중하게 만드는 힘이라는 것을 스티브 잡스는 다음과 같이 말합니다.

도그마의 덫에 빠지지 마십시오. 그것은 다른 사람의 생각으로 사는 것입니다. 다른 사람의 소란스러운 의견으로 인해, 당신 내면의 목소리가 잠기지 않게 하십시오. 무엇보다도 당신의 심장과 직관을 따를 용기를 가지세요. 당신의 심장과 직관은 이미 당신이 정말로 어떤 사람이 되고 싶은지를 알고 있습니다. 그 이외의 것들은 중요하지 않습니다.

Don't be trapped by dogma—which is living with the results of other people's thinking. Don't let the noise of others' opinions drown out your own inner voice. And most important, have the courage to follow your heart and intuition. They somehow already know what you truly want to become. Everything else is secondary.

도그마는 교리, 위대한 성현의 가르침을 말합니다. 아무리 훌륭한 성현의 말씀이라도 그것은 단지 “다른 사람의 생각”이며 “의견”의 하나일 뿐입니다. 중요한 것은 내면에 침잠하여 자신의 목소리를 듣는 것입니다. 그리고 심장과 직관을 따르기 위해서는 용기가 필요하다고 잡스는 말합니다. 나의 내면의 진실한 목소리는 다른 사람들이 나에 대해 갖는 기대, 자만심, 실패할지도 모른다는 두려움 등에 쉽게 잠길 수 있기 때문이죠.

스티브 잡스는 현재 우리 삶에서 떼어 낼 수 없는 IT 환경을 혁명적으로 변화시키고 이끈 인물입니다. 일할 때도 여가를 즐길 때도 우리는 잡스가 이룬 IT 혁명이라는 유산의 그늘에 있습니다. 하지만 기술의 진보만큼이나 소중한 유산이 또 있습니다. 열정적으로 일과 삶을 사랑할 것, 외부의 온갖 ‘잡음’을 막고 내면의 목소리에 귀 기울일 것, 그리고 그 목소리를 따를 용기를 낼 것. 진실하고도 보편적인 이 삶의 가치를 자신의 인생으로 보여 준 것이죠. 스티브 잡스가 간결하고 아름다운 문장들로 깊이 있게 전하는 이 삶의 메시지들을 「스탠퍼드 대학 졸업식 연설문」을 통해 생생하게 느껴 보시기를 바랍니다.

영어원서 깊이 읽기

1판 1쇄　2022년 5월 25일
1판 3쇄　2025년 1월　2일

지은이　함종선
펴낸이　김정순
편집　김미영
디자인　김진영 이강효
마케팅　이보민 양혜림 손아영

펴낸곳　(주)북하우스 퍼블리셔스
출판등록　1997년 9월 23일 제406-2003-055호
주소　04043 서울시 마포구 양화로 12길 16-9(서교동 북앤빌딩)
전자우편　editor@bookhouse.co.kr
홈페이지　www.bookhouse.co.kr
전화번호　02-3144-3123
팩스　02-3144-3121

ISBN　979-11-6405-163-2 43800